中國古典文學基本叢書

黄庭堅全集

第五册

〔宋〕黄庭堅　著

劉　琳
李勇先　點校
王蓉貴

中華書局

第五册目録

宋黄文節公全集・别集卷第一

詩

記

宋黄文節公全集·別集卷第三

銘

贊

頌

宋黃文節公全集·別集卷第四

字說

箋注

宋黄文節公全集·别集卷第五

表

奏狀

策

宋黄文節公全集·别集卷第六

題跋

宋黃文節公全集・別集卷第七

題跋

宋黄文節公全集·别集卷第八

題跋

宋黄文節公全集·别集卷第九

行狀

宋黄文節公全集·别集卷第十

墓誌銘

墓表

宋黄文節公全集·别集卷第十一

雜著

宋黃文節公全集·別集卷第十二

書

疏

啓

婚簡

宋黄文節公全集·別集卷第十三

祭文

宋黄文節公全集・別集卷第十四

書簡

宋黄文節公全集·別集卷第十五

書簡

宋黄文節公全集·别集卷第一

詩

五言古

1 和答劉中叟殿院 元祐二年祕書省作

平生劉宗正，聞有湖海氣。黄石與兵書，雷震鎖胸次。跨馬開武溪，韔弓作文吏。守祧仁九族，瑑玉詔萬世。去乘御史驄，權貴斂手避。時時侵諫草，頗用文章戲。風人託草木，騷客拾蘭蕙。傾懷謝僚友，句法何壯麗。諸公遊蓬壺，賤子濫末至。風流餘翰墨，想見經行地。烏啼霜臺柏，岑絶不可詣。峨峨觸邪冠，此中有餘事。醫國妙藥石，立朝極涇渭。餘子蠹青簡，走亦行幞被。

2 次韻斌老冬至書懷示子舟篇末見及之作因以贈子舟歸 元符二年戎州作

二宗性清真，俱抱歲寒節。常思風雲會，爲國奮忠烈。道方滄波頹，位有豺虎竊。夫婦相魚肉，關中一丈雪。北風夜涔涔，竹枯松柏折。泰來拔茅連，井收寒泉冽。天地復其所，我輩皆慰愜。何爲對樽壺，似見小敵怯。大宗垂紫髯，貴氣已森列。小宗新换骨，健啗頗腴悦。昨宵連環夢，秣馬待明發。寒日一綫長，把酒相喻説。人生但安樂，逢世無巧拙。斑衣戲親庭，不作經年别。猶有未歸心，遠寄丁香結。

3 答余洪範 元豐四年太和作

倒海弄明月，伐山茹芝英。婆娑一世間，浩蕩懷友生。佳人貂襜褕，眉宇秋江晴。胸懷府萬物，器識謝群英。贈我白雪絃，此意少人明〔一〕。别離數弦望〔二〕，相思何時平。猶憶把樽酒，夜談盡傳更。

〔一〕少人：原注：「一作人少。」

〔二〕别離：《别集詩注》作「别懷」。

4 觀祕閣西蘇子美題壁及張侯家墨迹十九紙率同舍錢才翁學士賦之〔一〕元祐元年丙寅山谷爲校書郎賦

仁祖康四海，本朝盛文章。蘇郎如虎豹，孤嘯翰墨場。風流映海岱，俊鋒不可當。學書窺法窟，當代見崔張。銀鉤刻琬琰，薑尾回縑緗。擢登群玉府，臺閣自生光。春風吹曉雨，禁直夢滄浪。人聲市朝遠，簾影花竹涼〔二〕。秋河湔筆研，怨句挾風霜。不甘老天禄，試欲叫未央。小臣膽如斗，侏儒俸一囊。請提師十萬，奉辭問犬羊。歸鞍飲月支，伏背笞中行。人事喜乖迕〔三〕，南遷浮夜航。此時調玉燭，日行中道黄。柄臣似牛李，傾奪謀未臧。薄酒圍邯鄲〔四〕，老龜禍枯桑。兼官百郡邸〔五〕，報賽用歲常。招延青雲士，共醉椒糈觴。俗客避白眼，傲歌舞紅裳。謗書動宸極，牢户繫桁楊。一網收冠蓋，九衢人走藏〔六〕。庖丁提刀立，滿志無四旁。論罪等饕餮，囚衣禦方良。姑蘇麋鹿暲，風月在書堂。永無湔祓期，山鬼共幽篁。萬户封侯骨，今成狐兔岡。邇來四十年，我亦校書郎。雄文終膾炙，妙墨見垣牆。高山仰豪氣，峥嶸乃不亡。張侯開詩卷，詞意尚軒昂。草書十紙餘，雨漏古屋廊。誠知千里馬，不服萬乘箱。遂令駕鼓車，此豈用其長。事往飛鳥過，九原色莽蒼。敢告大鈞手，才難幸扶將。〔七〕

〔一〕《别集詩注》無「西」字,「及」下有「中人」二字。
〔二〕竹:《别集詩注》作「光」。
〔三〕喜:《别集詩注》作「多」。
〔四〕薄:《别集詩注》作「魯」。
〔五〕百:《别集詩注》作「有」。
〔六〕衢:《别集詩注》作「原」。
〔七〕原注:「右皆家傳。」

5 同宋景瞻分題汴上行 熙寧五年國子監教授作

東風何時來,隄柳芳且柔。河冰日已銷,漫漫春水流。寒梅未破萼,芳草緑猶稠。歲月不我還,念此人生浮。高車無完輪,積水有覆舟。鹿門不返者,誰得從之游。〔一〕

〔一〕原注:「右蜀本已刊。」

6 奉次斌老送癭木棋局八韻 元符二年戎州作

逈工運斤斧,蟠木破權奇。離離稻田畦,日静波文稀。居然有心作,箇是偶爾爲。正當合戰地，仍有曳尾龜。膠漆與顏色，金銅利關機。抱器心自許，成功世乃知。吾宗爲湔祓，枯木更生輝。背城儻借一，觀我凱旋歸。

7 題劉法直詩卷 元祐二年祕書省作

往日劉隨州，作詩驚諸公。老兵睨前輩，欺詆阮嗣宗。才卿望長卿，歲數未三百。豈其苗裔邪，詩句侵唐格。慨然古人風，乃在逐客篇。朝廷重九鼎，政欲多此賢。虎豹九關嚴，漂零落閒處。空餘百篇詩〔一〕，不隨夜臺去。

〔一〕百篇詩：《別集詩注》作「三百篇」。

8 信中遠來相訪且致今歲新茗又枉任道寄佳篇復次韻呈信中兼簡任道 崇寧四年宜州作

坐安一柱觀〔一〕，立遣十年勞。玄珪於我厚，千里來江皋。松風轉蟹眼，乳花明兔毛。何如浮大白，一舉醉陶陶。〔二〕

〔一〕坐安：《別集詩注》作「安坐」。

〔三〕原注：「右皆家傳。」

9 題李亮功家周昉畫美人琴阮圖〔一〕 崇寧二年赴宜州途中作

周昉富貴女，衣飾新舊兼。髻重髮根急，妝薄無意添。琴阮相與娱，聽絃不觀手。敷腴竹馬郎，跨馬要折柳〔二〕。

〔一〕原注：「亮功，名寅。」《别集詩注》詩題無「李亮功家」四字。

〔二〕要：《别集詩注》作「欲」。光緒本注：「按原注云：高子勉記龍眠李亮功家藏周昉畫《美人琴阮圖》，兼有宮禁氣象。旁有竹馬小兒，欲折檻前柳者。亮功官長沙，而山谷謫宜州，過見之，歎愛彌日。大書一詩於黄素上云云。此畫後歸禁中。子勉嘗追和曰：『丹青有神藝，周郎獨能兼。畫圖絶世人，真態不可添。卻憐如畫者，相與落誰手。想像猶可言，雨重春籠柳。』」

10 癸酉八月同百丈肅禪師温湯作小詩呈九仙舜公長老 元祐八年丁母喪歸家作

九仙漚和湯，浴此二水牯。主人無施心，冷暖各得所。道途開十方，瓢杓汲萬古。欲問源從來，大雄山有虎。〔一〕

〔一〕原注：「右蜀本已刊。」

七言古

11 伯時彭蠡春牧圖 元祐三年祕書省作

岳陽樓上春已歸，湖中鴻雁拍波飛。布帆天闊隨鳥道，石林風晚吹人衣。春水初生及馬腹，浮灘欲上西山麓。遥看絶嶺秀雲松，上有垂蘿暗谿谷。沙眠草嚙性不驕，側身注目鳴相招。林間瞥過星爍爍，原上獨立風蕭蕭。君不見中原真種胡塵没，南行市骨何倉卒。祇收力健載征夫，肯向時危辨奇骨。即今貢馬西北來，東西坊監屯雲開。紛然駑驥同一秣，爾可不憂四蹄脱。

12 臨河道中 元豐二年北京作

村南村北禾黍黄，穿林入塢岐路長。據鞍夢歸在親側，弟妹婦女笑兩廂。甥姪跳梁暮堂下，唯我小女始扶牀。屋頭撲棗爛盈斗，嬉戲喧争挽衣裳〔一〕。覺來去家三百里，一園兔絲花氣香。可憐此物無根本，依草著木浪自芳。風煙雨露非無力，年年結子飄路傍。不如歸種秋柏實，他日隨我到冰霜。

〔一〕喧：《别集詩注》作「歡」。

13 觀劉永年團練畫角鷹 元祐三年祕書省作

劉侯才勇世無敵，愛畫工夫亦成癖。弄筆掃成蒼角鷹，殺氣稜稜動秋色。爪拳金鉤觜屈鐵，萬里風雲藏勁翮。兀立槎枒不畏人，眼看青冥有餘力。霜飛晴空塞草白，雲垂四野陰山黑。此時軒然盍飛去，何乃巑岏立西壁。祇應真骨下人世，不謂雄姿留粉墨。造次更無高鳥喧，等閑亦恐狐狸嚇〔二〕。旁觀未必窮神妙，乃是天機貫胸臆。瞻相突兀摩空材，想見其人英武格。傳聞揮毫頗容易，持以與人無甚惜。物逢其賞世所珍，此畫他年恐難得。〔三〕

〔二〕嚇：原作「赫」，據四庫本改。

〔三〕原注：「右皆家傳。」

14 戲用題元上人此君軒詩韻奉答周彦公起予之作病眼皆花句不及律書不成字〔一〕 元符二年戎州作

此道沈霾多歷年，喜君占斗斸龍泉。我學淵明貧至骨，君豈有意師無絃。瀟灑侯王非爵命〔二〕，道人胸中有水鏡。霜鐘堂下月明前〔三〕，枝枝雪壓如懸磬。敝帚不掃舍人門，如願不謁青鴻君〔四〕。來聽道人寫風竹，手弄霜鐘看白雲。平生竊聞公子舊，今日誰舉賈生秀。未知束帛何當來，但有一筇相倚瘦。欲截老龍吟夜月，無人處爲江山説。中郎解賞柯亭椽，玉局歸時君爲傳。〔五〕

〔一〕皆：《別集詩注》作「空」。

〔二〕王非：《別集詩注》作「非貪」。

〔三〕月明：《別集詩注》作「明月」。

〔四〕鴻：《別集詩注》作「洪」。

〔五〕《別集詩注》載山谷詩後題云：「此詩如元公欲刻之此君軒，可聽渠摹本也。」又有跋語，見題跋。

15 元師自榮州來追送予於瀘之江安綿水驛因復用舊所賦此君軒詩韻贈之并簡元師從弟周彦公〔一〕 建中靖國元年戎州作

歲行辛巳建中年，諸公起廢自林泉。王師側聞陛下聖，抱琴欲奏南風絃。孤臣蒙恩已三命，望堯如日開金鏡。但憂衰疾不敢前，眼見黑花耳聞磬〔二〕。豈如道人山繞門，開軒友此歲寒君。能來作詩賞勁節，家有曉事揚子雲。籜龍森森新間舊，父翁老蒼孫子秀。

但知戰勝得道肥，莫問無肉令人瘦。是師胸中抱明月，醉翁不死起自說。竹影生涼到屋椽，此聲可聽不可傳。〔三〕

〔一〕《别集詩注》無「驛」字，「從弟」作「法弟」。
〔二〕眼見：《别集詩注》作「眼前」。磬：原作「罄」，據《别集詩注》改。
〔三〕原注：「公云：『余舊得東坡所作《醉翁操》善本，嘗對元道之，元欣然曰：往嘗從成都通判陳君頎得其譜。遂促琴彈之，詞與聲相得也。蜀人由是有《醉翁操》。然詞中之微旨，絃外之餘韻，俗指塵耳，豈易得之？建中靖國元年正月辛未，江安水次偶住亭書。』右有石刻。」按山谷此跋又見黄罃《年譜》。

16 題伯時馬　元祐三年祕書省作

我觀李侯作胡馬，置我敕勒陰山下。驚沙隨馬欲暗天，千里絶足略眼跨〔一〕。自當初駕沙苑丞，豈復更數將軍霸。李侯今病廢右臂，此圖筆妙今無價。

〔一〕跨：原校：「一作過。」

17 書郭功甫家屏上東坡所作竹〔一〕　崇寧元年荆南作

郭家髹屏見生竹，惜哉不見人如玉。凌厲中原果木春〔二〕，歲晚一棋終玉局。巨鼇首

戴蓬萊山，今在瓊房第幾間。〔三〕

〔一〕《别集詩注》題作《書東坡畫郭功父壁上墨竹》。

〔二〕果：原校：「一作草。」《别集詩注》作「草」。

〔三〕四庫本注：「以下闕。」光緒本原注：「按畱注載（公家藏）〔家藏公〕此詩真蹟題云《次詠東坡先生屏間墨竹》，止此六句，但『草木春』作『草偃風』，『一棋終玉局』作『一壺』，『瓊房第幾間』作『琳房』。并有功甫跋語云：『東坡作于予家漆屏之上，觀魯直之詩，可以見其髣髴矣。』功甫，太平州人。」

五言律

18 次韻任道雪中同游東皋之作〔一〕 元符二年戎州作

四方民嗷嗷〔二〕，我奔走獨勞。停舟近北渚，扶杖步東皋。霜落瘦石骨，水漲腐溪毛。更有山陰興，能無秦復陶。

〔一〕自注：「任道有園，曰東皋。」

〔二〕四方民：《别集詩注》作「四海方」。

七言律

19 奉答固道 元豐六年太和作

平生湖海漁竿手，强學來操製錦刀。末俗相看終眼白，古人不見想山高。未乘春水歸行李，儻得閒官去坐曹。自是無能欲樂爾，煩君錯爲歎賢勞。

20 和王明之雪 元祐二年祕書省作

金母紫皇開壽域，煉成天地一鑪沙。千花亂發春無耐，萬井交光月未斜。貧巷有人衣不纊，北窗驚我眼飛花。歌樓處處催沽酒，誰念寒生泣白華。

21 夷仲叔父幼子晬日〔一〕 治平四年葉縣作

骨秀已知騏驥子，性仁端是鳳凰雛。不騰渥水稱神俊，應出岐山作瑞符。漸指家人知姓字，試看屏上識之無。乃翁斷獄多陰德，逕往高門待汝車〔二〕。

〔一〕《別集詩注》題作《嗣深尚書弟晬日》。光緒本原注：「夷仲諱廉，終于給事中。幼子諱叔敖，字嗣深，丙午九月生，馬涓榜登第，終于户部尚書。」

〔二〕逕往：《別集詩注》作「往往」。又「往」，光緒本原校「一作作」。光緒本文末原注：「右皆家傳。按公伯氏元明後跋此詩云：『嗣深修撰弟初生，骨清神秀，可卜萬里，故山谷有此佳句。九方皋之風鑒，何其神耶！借令見今日忠憤義勇，憂國愛君，壁立千仞，當有蟠空剞劂之語形容大節。建炎二年十月望日，鳳山下森爽臺，大臨書。』元明諱大臨，公伯氏，而在群從兄弟中第七，號寅菴。」

22 和早秋雨中書懷呈張鄧州 元豐二年北京作

喜聞三徑被恩書，五馬來過塞里閭。天上日清消蝃蝀，海濱風静復爰居。龜逢銜骨方爲鶻，蘭不當門亦見鋤。已發覆盆瞻睿聖，何因猶著故溪魚。

23 次韻清虚喜子瞻得常州〔一〕 元豐八年德平作

喜色侵淫動搢紳〔二〕，俞音下報謫仙人。驚回汝水間關夢，乞與江天自在春。罨畫初游冰欲泮，浣花何處月還新。涼州不是人間曲，佇見君王按玉宸。

〔一〕原注：「按《東坡年譜》，元豐七年自黄移汝，十二月上表乞于常州居住。八年正月到南京，有放歸陽羡之命，遂居常州。子由嘗爲王定國作《清虚堂記》，清虚即定國也。」

〔二〕喜色：《别集詩注》作「喜得」。

24 次韻公秉子由十六夜憶清虚〔一〕

九陌無塵夜際天，兩都風物各依然。車馳馬逐鐙方鬧，地静人閒月自妍。佛館醉談懷舊歲，齋宫詩思鎖今年〔二〕。但聞公子微行去，門外驊騮立繡韉。

〔一〕原注：「題中時地同前者俱不複注，後諸詩倣此。」

〔二〕齋：原作「齊」，據《别集詩注》改。

25 次韻清虚同訪李園

年來高興滿尊絲，寒薄春風駘蕩時。稍見臙脂開杏萼，已聞香雪爛梅枝。老逢樂事心猶壯，病得新詩和更遲。何日華鑣向金谷〔一〕，擬追山翼到瑶池〔二〕。

〔一〕華：《别集詩注》作「聯」。

〔三〕山翼：原校：「一作仙翼。」《别集詩注》作「仙翼」。

26 次韻清虚

地遠城東得得來，正如湖畔昔銜杯。眼中故舊青常在，鬢上光陰緑不回。歸去汴橋三鼓月，相思梁苑一枝梅。我閒時欲尋君醉〔一〕，爲備芳醪更滿罍。

〔一〕尋：《别集詩注》作「從」。

27 奉答聖思講論語長句 元豐六年太和作

簿領文書千筆秃，公庭嚚訟百蟲鳴。時從退食須臾頃，喜聽鄰家諷誦聲。觀海諸君知浩渺，學山他日看崇成。暮堂吏退張鐙火，抱取魯論來講評。〔一〕

〔一〕原注：「右皆家傳。」

28 謝王炳之惠茶〔一〕 元祐二年祕書省作

平生心賞建溪春，一丘風味極可人。香包解盡寶帶胯，黑面碾出明窗塵〔二〕。家園鷹爪改嘔冷，官焙龍文常食陳。於公歲取壑源足，勿遣沙溪來亂真。

〔一〕原注：「炳之，名伯虎。」
〔二〕黑：《别集詩注》作「墨」。

29 四月末天氣陡然如秋遂御袷衣游北沙亭觀江漲 熙寧元年葉縣作

沙岸人家報急流，船官解纜正夷猶。震雷將雨度絶壑，遠水黏天吞釣舟。甚欲去揮白羽箑，可堪更著紫茸裘。平生得意無人會，浩蕩春鉏且自由。〔一〕

〔一〕原注：「右皆載蜀本。」

30 五老亭 并序〔一〕 元豐三年赴太和作

知郡大夫改築射亭，與五老峰晤對，極爲勝賞，輒以俚句詠嘆〔二〕。

白髮蒼髯五老人，德雖不孤世無鄰。松風忘味同戴舜，梅雨蒙頭非避秦。築亭風流二千石，此老入謁官不嗔〔三〕。一樽相對是賓友，學得養生通治民。〔四〕

〔一〕原無此題，以序爲題，據《别集詩注》補。
〔二〕俚：嘉靖本作「俍」。
〔三〕嗔：原作「瞋」，據《别集詩注》改。

〔四〕原注：「右有石刻。」

31 與黔倅張茂宗 元符元年黔州作

靜居門巷似烏衣，文采風流衆所歸。别乘來同二千石，化民曾寄十三徽。寒香亭下方遺愛，吏隱堂中已息機。暫與計司參婉畫〔一〕，百城官吏借光輝〔二〕。

〔一〕婉：原作「娩」，據《别集詩注》改。

〔二〕原注：「按當注載蜀本《詩集》注云：山谷初到黔南，曹譜伯達、張銑茂宗爲守貳，待之頗厚。山谷與張叔和書云：『庭堅至黔南將一月矣，曹守、張倅相待如骨肉。』又與楊明叔云：『守倅皆京洛人，好學尚文，不易得也。』今公有《與大主簿三十三書》，亦云：『太守曹供備譜，濟陽之姪，通判張銑，張景儉孫，公休之妻弟，皆賢雅，相顧如骨肉。』」

32 輓史天休中散〔一〕 崇寧二年赴宜州作

光禄九男公獨秀〔二〕，賦名幾與景仁班。淹留州縣看恬默〔三〕，出入風波笑險艱〔四〕。遺愛蜀中三郡有，退身林下十年閑。山川英氣消磨盡，昨日華堂作土山。

〔一〕《别集詩注》題作《史天休中散挽詞》。

〔二〕公：《别集詩注》作「君」。

〔三〕留：原作「流」，據《别集詩注》改。

〔四〕風波：《别集詩注》作「風流」。

33 宋夫人輓詞

往歲塗宮暗碧紗〔一〕，傾城出祖路人嗟。松楠峰下遷華寢，雪月光中咽曉笳。有子今爲二千石，同州纔數兩三家。兒孫滿地厭衣舉，不見歸時桃李華。〔二〕

〔一〕紗：《别集詩注》作「沙」。

〔二〕原注：「右皆家傳。」

五言排律

34 和范廉 元豐二年北京作

一代功名醉，斯人尚獨醒。風霜寒慘澹，松柏後彫零。歲晚虚前席，天涯作使星。百城周緩帶〔一〕，列校聽横經。汲直非刀筆，山公識寧馨〔二〕。愁思理前語，祠下柳陰亭〔三〕。

〔一〕周：《别集詩注》作「同」。

〔二〕公：《别集詩注》作「翁」。

〔三〕亭：《别集詩注》作「庭」。

五言絶

35 以皮韉底贈石推官 元符三年戎州作

道人不彫琢，萬鏡自明已。願公勤此履，深徹法源底。

其二

眦盧足趺光，照耀世界海。旋嵐黑風起，到岸得自在。

其三

鼻孔隨人走，日中忽見斗。踏定太衝脈，壁上挂著口。〔一〕

〔一〕原注：「右有石刻。」

36 題石恪畫機織圖

荷鋤郎在田，行餉兒未返。終日弄鳴機，恤緯不思遠。

37 梨花 元豐二年北京作

巧解逢人笑，還能亂蝶飛。清風時入户，幾片落新衣。

38 題燕邸洋川公養浩堂畫 元祐三年祕書省作

蕭寺吟雙竹，秋醪薦一螯。破塵歸騎遠〔一〕，橫日雁行高。

其二

擁膝度殘臘，攀條驚早春。陳郎浮竹葉，著我北歸人。〔二〕

〔一〕遠：《別集詩注》、《苕溪漁隱叢話》前集卷四〇作「速」。

〔二〕原缺後二句，嘉靖本同，據《別集詩注》補。

六言絶句

39 **題東坡竹石** 元祐三年祕書省作

怪石岑崟當路，幽篁深不見天。此路若逢醉客，應在萬仞峰前。

40 **詠子舟小山叢竹** 元〔豐〕〔符〕二年戎州作

病竹猶能冠叢，夏篁解籜忽忽。細草因依岑寂，小山紫翠嵌空。

七言絶句

41 **贈益陽成之主簿** 并引〔一〕 崇寧三年赴宜州經途作

予之竄嶺南，道出衡陽，見主簿君益陽黄成之，問宗派，乃同四世祖兄也，於是出嫂氏子婦相見。喟然念高祖父之兄弟未遠也，而殊鄉異井，六十歲然後相識，亦可悲也。益陽兄之叔父晦甫侍御〔二〕，在家著孝友之譽，立朝有忠鯁之名，不幸年五十有四被召而歿於道上〔三〕。將啓手足，自力作疏，極論濮園事，所謂歿猶不忘諫君以德。其枝葉必將豐茂，有赫赫於世者，故作詩遺之。

兩祖門中種陰德，名塞四海世有人。諸兒莫斷詩書種〔四〕，解有無雙聳搢紳。

其二

人間卿相何足道，胸次詩書要不忘。男兒邂逅起屠釣，何如林中日月長〔五〕。

〔一〕《別集詩注》題作《與成之書并二詩》。

〔二〕兄：《別集詩注》作「兄弟」。

〔三〕《別集詩注》無「年」字。

〔四〕書：《別集詩注》作「禮」。

〔五〕嘉靖本詩末有注：「右得於成之姪孫燧。」

42 從舅氏李公擇將抵京輔以歸江南初自淮之西猶未

秋日思歸　元豐三年公復往京挈家歸江南作

歸心摇摇若鞦帶，哀操切切如蟬吟。百年雙鬢欲俱白，千里一書真萬金。

43 翼日阻雨次前韻〔一〕元豐三年赴太和途中作

愁雲垂垂雨淫淫，野館重賦思歸吟。老農那問客心苦，但喜粟粒如黄金。

〔一〕原無「前」字，據《别集詩注》補。

44 題子瞻墨竹〔一〕元祐三年祕書省作

眼入毫端寫竹真，枝掀葉舉是精神。因知幻化出無象，問取人間老斲輪。

〔一〕《别集詩注》：「山谷嘗有跋云：『東坡畫竹數本，筆墨皆挾風霜，真神仙中人！惜無賀監賞之，但有衆人皆欲殺之耳。』」

45 范德孺須筆裒諸工佳者共成十枝分送 崇寧二年鄂州作

臨池聞道學書成，已許家雞勝伯英。雪竹霜毛分一束，開包何異五侯鯖。

46 大暑水閣聽晉卿家昭華吹笛 元祐三年祕書省作

蘄竹能吟水底龍，玉人應在月明中。何時爲洗秋空熱，散作霜天落葉風。

47 予去歲在長沙數與處度元實相從把酒自過嶺來不復有此樂感歎之餘戲成一絶〔一〕崇寧四年宜州作

玄霜搗盡音塵絶，去作湖南萬里春。想見山川佳絶地，落花飛絮轉愁人。〔二〕

〔一〕原注：「處度，名湛；元實，名温。」

〔二〕原注：「右皆家傳。」

48 次韻錢德循鹿苑灘艤舟有作 建中靖國元年荆南作

鹿苑灘頭秋月明，使君輟棹愛江清。塵埃一段思歸路，已聽荆州漁鼓鳴。

49 題大年小景〔一〕元祐三年祕書省作

水色煙光上下寒，忘機鷗鳥恣飛還。年來頻作江湖夢，對此身疑在故山。

其二

輕鷗白鷺定吾友，翠柏幽篁是可人。海角逢春知幾度，卧遊到處總傷神。

〔一〕《别集詩注》題作《題宗室大年畫二首》。

50 梅花 元豐五年太和作

障羞半面依篁竹，隨意淡妝窺野塘。飄泊風塵少滋味，一枝猶傍故人香。

51 題文潞公黄河議後 熙寧九年北京作

澶淵不作渡河梁，由是中原府庫瘡。白首丹心一元老，歸來高枕夢河湟〔一〕。

〔一〕河湟：《别集詩注》作「河隍」。

52 酌姨母崇德君壽酒 熙寧四年葉縣作

日月行當壽星紀，仙人初出閬風時。欲將何物獻壽酒，天上千秋桂一枝。

53 木鼉亭留題 建中靖國元年自戎至荆州作

南臺西路木鼉坊，乃是靈蛙贔屭藏〔一〕。從此改名杉蚵蛂，恐來吞月直須防。

〔一〕蛙贔：原作「畦奰」，據《别集詩注》改。

54 題羅公山古柏菴二首

千年鹿死尚精神，睡足蒼龍半屈伸。百歲妖狐住不得，箇中曾卧謫仙人。

其二

塵埃奔走尚飄蓬，想聽菴頭老柏風。會向天階乞衰晚，住菴長作主人翁〔一〕。

〔一〕翁：嘉靖本作「公」。

55 雜詩 紹聖元年夏遇佛印作。時公年五十

迷時今日如前日，悟後今年似去年。隨食隨衣隨事辦，誰知佛印祖師禪。

56 讀謝安傳 熙寧三年葉縣作

傾敗秦師琰與玄，矯情不顧驛書傳。持危又幸桓温死，太傅功名亦偶然。

57 海棠花〔一〕 元豐戊午北京作

海棠院裏尋春色，日炙薦紅滿院香。不覺風光都過了，東窗渾爲讀書忙。

〔一〕《别集詩注》無「花」字。

58 奉和答君庸見寄〔一〕元豐五年太和作

看鏡白頭知我老，平生青眼爲君明。舞姝别後閒珠履，已報絲蟲網玉笙。

〔一〕《别集詩注》題作《和答君庸見寄别時絶句》，注云：「何君庸，太和簿」。

59 寄劉泗州 元豐六年赴德平經途作

生天生地常爲主，此事惟應作者知。康濟小民歸一臂，屈伸由我更由誰。

60 書王氏夢錫扇 元祐二年祕書省作

壓枝梅子大於錢，慚愧春光又一年。亭午無人初破睡，杜鵑啼在柳梢邊。

61 訪趙君舉 元豐八年祕書省作〔一〕

朔風吹雪滿都城，曉踏驊騮訪玉京。相引槽頭看春酒，細流三峽夜泉聲。

〔一〕祕書省：原作「德平」，據黄譽《年譜》改。此詩作於是年冬，時山谷已入館。

62 絶句 元豐三年北京作

富貴功名繭一盆，繰車頭緒正紛紛。肯尋冷淡做生活，定是著書揚子雲。

63 贈初和甫 元豐七年德平作

處士孤懷少往還，平時一刺字多漫。能容著帽揮譚拂，可見高人禮數寬。

64 承示中秋不見月及憫雨連作恐妨秋成奉次元韻

秀稻秋風喜太平，獨疑連雨未全晴。銀蟾似亦無聊賴，默度寒宵懶吐明。

65 題王晉卿平遠溪山幅〔一〕 元祐三年祕書省作

風流子晉罷吹笙，小筆溪山刮眼明。相倚鴛鴦得偎暵〔二〕，一川風雨斷人行。

〔一〕原無「溪山幅」三字，據四庫本補。

〔二〕暵：四庫本作「睡」。

66 戲題斌老所作兩竹梢 元〔豐〕〔符〕二年戎州作

老竹帖妥不作奇，嫩篁翹翹動風枝。是中有目世不知，吾宗落筆風煙隨。

67 題覺海寺〔一〕 元豐六年太和作

鑪煙鬱鬱水沈肥〔二〕，木遶禪牀竹遶溪。一段秋蟬思高柳，夕陽元在竹陰西。

〔一〕覺：《別集詩注》作「學」，注云：「『學海』字疑是『覺海』」。

〔二〕煙鬱鬱：《別集詩注》作「香滔滔」。

68 贈法輪齊公 崇寧三年宜州經途作

法輪法眷有齊公，曾探班班虎穴中。不必老夫親到也，自然千里便同風。〔一〕

〔一〕原注：「按嵤注載：法輪即南嶽岣嶁峰龍雲寺。公有《重書法輪古碑跋》云：（略）。」按跋見本書《補遺》卷八。

69 題醒心軒〔一〕 元豐六年太和作

盡日竹風談法要，無人竹影又斜陽。他時若有相應者，莫負開軒人姓黄。

〔一〕自注：「慈恩寺清山主開窗于碾坊竹陰，余命曰醒心。」

70 竹枝詞二首 紹聖二年〔一〕

三峽猿聲淚欲流，夔州《竹枝》解人愁。渠儂自有回天力，不學垂楊繞指柔。

其二

塞上《柳枝》且莫歌，夔州《竹枝》奈愁何。虛心相待莫相誤，歲寒望君一來過。

〔一〕原注：「按紹聖二年公在夔州，故詩中皆有夔中竹枝語。」

賦

71 位一天下之動賦

衆以一制，位以時乘。齊天下之所動，非聖人而孰能。撫臨大寶之崇，體居其正；宰制群生之變，終莫之陵。惟兹生齒之繁，難以統臨之者。既相感以情僞，又弗同於趨舍。必據要會，以齊正雅。是則制動居乎静，治衆由乎寡。故崇高莫大，乘五位於域中；雖參差不齊，播一陶於天下。盛德之柄，至尊之權。操利勢以獨斷，收治功於大全。其變俗也偃之如草，其容民也蓋之如天。一化遠近，同心幅員。任重器以至隆，莫能傾者；定群情之多異，罔或紛然。誠由或剛或柔，有愚有智。相奪以力，相蒙以利。使夫群動之循聖，必也大人之得位。貴無倫而富無敵，安以位中；統有宗而會有元，歸乎不二。議夫衆星紛錯也，拱於辰而不亂；群陰變動也，歸於陽而自卑。況兹蠢動之紛若，固賴聖神以一之。是以居可致之位，得大君之宜。控飛龍以御天，物皆利見；明大觀之在上，民必風移。用能大一統於緜區，齊萬殊於至術。變則復貫，繁而不失。粲然道中和之域，浩然趨仁義之實。非得勢以來服，雖嚴威而不率。我所以宅萬乘尊安之地，守之以仁；合四方遠近之情，定之于一。或謂元元中宇，蠢蠢方維。約之以刑或不至，驅之以善或不爲。孰曰居位，乃能宅斯。殊不知歷在舜躬，用作同民之術；鼎遷周室，誰爲御衆之資？非悦乎貴勢之獨尊，所大乎凡民之一總。使亂者樂以歸治，邪者化而自董。故聖人履盛位而立萬國之中，以齊其動。

72 春秋元氣正天端賦

昔仲尼陳後王教化之本，定舊史《春秋》之辭。尊元氣以書也，據天端而正之。編歲書以成文，必加統始；次陽中之首月，蓋謹明時。當其號令絶於衰周，筆削興於將聖，遵余制以昭其法，撥亂世以反其正。舉元首事，固將謹始以敘天；書王次春，又可承天而爲政。志在微密，言存後先。自混茫之氣始，見開闢之功全。必變一以書年，裁成有法；備首時之養物，推本於天。運行四序而繼繼無窮，鈞播百嘉而生生罔既。不正其端，則其功或息；不書其元，則其本孰謂。故辭總者大，因一歲以稱名；而歲始於春，兆三陽之微氣。且夫將正其中，莫不本於始；欲探其本，莫不本於元。故發明造化之首，以顯著生成之恩。所以唐策劉蕡，以體元而上對；漢稱董子，亦正本以爲言。考天正則此爲之元，論王道則莫與之大。裁一字以垂訓，惟萬世之永賴。蓋陰陽爲本，故函三之氣爲初；而制作有因，見生物之功皆泰。言其體而不敘，法其體而不完。此有國所以大奉，故後聖存而不刊。《書》明天地之常，從而繫事；《詩》爲政教之始，可以求端。大哉！凡欲有爲，莫不取法。元氣之始也，故生三統以相用；元善之長也，故養萬物而不乏。何以太陽發於春乎，天者人君之檢押。

宋黄文節公全集·別集卷第二

序

1 毁壁序〔一〕

夫人黄氏，先大夫之長女。生重瞳子，眉目如畫，玉雪可念。其爲女工，皆妙絶人。幼少能自珍重，常欲鍊形仙去。先大夫棄諸孤早，太夫人爲家世堙替，持孤女託，以夫人歸南康洪民師〔二〕。民師之母文城縣君李氏，太夫人母弟也，治《春秋》，甚文，有權智，如士大夫。夫人歸洪氏，非先大夫意，怏怏逼之而後行。爲洪氏生四男子，曰朋、芻、炎、羽。年二十五而卒。民師亦孝謹，喜讀書，登進士第，爲石州司户參軍，奔父喪，客死。文城君聞夫人初不願行，心少之，故夫人歸則得罪〔三〕。及舅與夫皆葬〔四〕，夫人不得藏骨於其域，焚而投諸江。是時朋、芻、炎、羽未成人也。其卒以熙寧庚戌，其舉而棄之，以元豐甲子某月〔五〕。夫人没後十有四年，太夫人始知不得葬，哭之不成聲，曰：「使是子安歸乎〔六〕！」其兄弟無以自解説〔七〕，念夫人，建洪氏之廟南康廬山之下，故刻石於廬山，築亭以庥之，髣髴其平生而安之〔八〕。

〔一〕原注：「登注《外集》詞後」。

〔二〕持孤女託以夫人歸：原校：「一作食貧故望以恩意以居。」

〔三〕「文城君聞夫人」至「歸則得罪」：原校：「一作：初，夫人雅不欲居於洪氏，故歸，而姑莫愛，至於毁辱之，人情有所不能堪。夫人事之順篤。」

〔四〕與：原作「而」，據《能改齋漫録》卷一四改。

〔五〕以：原無，據《能改齋漫録》補。

〔六〕「安歸乎」下，原校：「一作：夫人生則歸非其意，没則不免水火。」

〔七〕自解説：原校：「一作任其罪。」

〔八〕安：《能改齋漫録》作「妥」。又文末光緒本原注：「右已載蜀本。」

2　别劉静翁序

富順劉静翁，自成都來集於僰道，以余與其同母弟郭方進爲治平中同年進士也，數來相過。其人如孤雲野鶴，來亦無心，去無定所。余於静翁無宿昔之好也。有鄭少微明舉者，成都名士也，稱静翁紙帷布被琴鶴以爲行李，似不能不求於人，而未嘗發於詞氣。然富順有四壁而不居，意有仁人豪士乞與百金以買山，使得休息白髮之光陰，静翁亦不拒邪。余問静翁〔一〕：「可取與者常痛其室空虚〔二〕，使有者鮮能推其餘敝裘羸馬，而痛僕夫款門久之〔三〕，而立風雪之塗〔四〕，爲是則翁能之乎？」静翁曰：「若此吾不能也。有漁洞陳康國兄弟，皆好賢喜事，其園林齋館可以卒歲。老矣，亦安能琢雕天真，追逐俗好，受殘杯冷炙之辱邪！」爲是，則翁之游可矣，雖不爲田，而鶉生於宎，未可知也。遂書以爲别。

〔一〕問：原作「同」，據嘉靖本改。
〔二〕痛：《豫章先生遺文》卷二作「病」。
〔三〕痛僕夫：《豫章先生遺文》作「病僕夫」。
〔四〕風雪：原作「風雷」，據《豫章先生遺文》改。

3 楊子建通神論序

天下之學，要之有所宗師〔一〕，然後可臻微入妙，雖不盡明先王之意，惟其有本源，故去經不遠也。今夫六經之旨深矣，而有孟軻、荀況、兩漢諸儒，及近世劉敞、王安石之書，讀之亦思過半矣。至於文章之工，難矣，而有左氏、莊周、董仲舒、司馬遷、相如、劉向、揚雄、韓愈、柳宗元，及今世歐陽修、曾鞏、蘇軾、秦觀之作，篇籍具在，法度粲然，可講而學也。惟神農、黄帝、岐伯、雷公之書，秦越人、淳于意、皇甫謐、張機之論，儒者罕學，學之亦不能到其淵源。近世黎陽高若訥，號稱邃於醫方，若訥既没，亦不得其傳焉。余有方外之友曰楊介，嘗謂余言《本草》《素問》之意，且曰：五運六氣，視其歲而爲藥石，雖仲景猶病之也；至于《本草》，則仲景深矣。余涉世故多，未能從介學之；衰老竄逐戎僰，瘴癘侵陵，生意無幾，恨不早從楊君之學也。今年以事至青神，有楊康侯子建者，以其所論著醫惠然見投，悉讀之，而其説汪洋。蜀地僻遠，無從問所不知，子建閉户讀書，貫穿黄帝、岐伯，無師之學，至能如此，豈易得哉！然其湯液皆以意調置，則不能無旨矣。方皆聖智妙於萬物之性者然後能作，而巧者述之，而世傳之者也〔二〕。今子建發明五運六氣，敘病裁藥，錯綜以針艾之方，與衆共之，是亦仁人之用心云爾。

〔一〕所：原無，據《豫章先生遺文》卷二補。

〔二〕傳：《豫章先生遺文》作「守」。

記

4　江陵府承天禪院塔記

紹聖二年，余以史事得罪竄黔中，道出江陵，寓承天，以補紉春服。時住持僧智珠，方撤舊僧伽浮圖於地，瓦木如山，而囑余曰：「成功之後，願乞文記之。」余笑曰：「作記不難，顧成功爲難耳。」後六年，余蒙恩東歸，則七級浮圖巋然立於雲霄之上矣。因問其緣，珠曰：「此雖出於衆力，費以萬緡，鳩工於丁丑，而落成於壬午。其難者既成功矣，其不難者敢乞之。」余曰：「諾。」謹按，承天禪院僧伽浮圖，作于高氏在荆州時。既壞，而主者非其人，枝撑以度歲月。有知進者，住持十八年，守舊而已。智珠初問心法於清源奇道者，而自閩中來，則佐知進主院事，道俗欣欣，皆曰：「起廢扶傾，惟此道人能之。」於是六年，作而新之者過半。知進殁，衆歸珠，而不釋此浮圖，遂崇成耳。僧伽本起於盱眙，于今寶祠徧天下，其道化乃溢于異域，何哉？豈釋氏所謂願力普及者乎？儒者常論一佛寺之費，蓋中民萬家之産，實生民穀帛之蠹，雖余亦謂之然。然自余省事以來，觀天下財力屈竭之端，國家無大軍旅勤民丁賦之政，則蝗旱水溢，或疾疫連數十州。此蓋生人之共業，盈虛有數，非人力所能勝者耶？然天下之善人少，不善人常多。王者之刑賞以治其外，佛者之禍福以治其内，則於世教豈小補哉！而儒者嘗欲合而軋之，是真何理哉！因珠乞文，記其化緣，故併論其事。智珠，古田人，有智略而無心，與人無崖岸，又不爲翕翕然，故久而人益信之。買石者鄒永年，篆額者黃乘，作記者黃某，立石者馬瑊〔一〕。

〔一〕馬瑊：原作「馬城」，據黃罃《山谷年譜》改。馬瑊字中玉，庭堅友，時知江陵府。

5 成都府慈因忠報禪院經藏閣記

元祐七年九月，翰林學士范公百禄以中書侍郎與聞大政，追榮其三世，曾大父璲贈太子少保，大父度贈太師，父鍇贈太尉。其兆在成都東北近郊之五里，例得即塋次築佛廟，以極崇奉之意。天子錫之名曰「慈因忠報禪院」，所以休寧范氏之祖考，而勸之以熙載之功。中書之兄朝散郎百朋，榮家之慶，侈上之賜，相其土田，以基以堂，伐山隨川，阜其材木，凡爲屋二百楹，一出于己，不以累人。又擇僧之有名行者繼隆主之。隆以釋氏法度，其徒爲一姓子者今七人矣，而慈元實協贊其經營。元又度大藏爲經閣〔一〕，在院西。其土從三十五尺，橫七十七尺，爲複屋，直三而曲四，致飾甚嚴。所藏經五千四百八十卷，勸請士大夫四百餘家，皆號稱能書，乃畀之書，其費皆出於范氏。奔走所嚮，積以日月，訖於崇成，皆出慈元。凡此莊嚴之功，朝散不愛其財，慈元不愛其力，故能速成而盡美。成都雖大府，闤闠相望，而用執政尊顯其先隴，以恩得佛寺，度僧以守之，唯范氏，故士大夫家皆欽羨之。閣成，朝散屬元來乞文以記之。余惟中書君輔政未久，而捐館于河中，遂葬于河南，諸子亦不能歸。而朝散公年餘八十〔二〕，能不懈于崇奉，可謂知本矣；元以灑掃之勞行，度身任其事，可謂不忘本矣。經閣之壯麗，施書之名題，字畫之工拙，來觀者當自得之，故不書。書經藏之所以成，與此院之因起，使廢興之際有考焉，蓋范氏之志也。〔三〕

〔一〕度大藏爲經閣：《豫章先生遺文》卷三作「度爲大藏經閣」。

〔二〕年餘八十：《豫章先生遺文》作「年九十」。

〔三〕原注：「右有石刻。」

6 朋樂堂記

涪陵藺大節持正，喜延士大夫賓禮之，甚有意，蓋欲琢磨其子弟也。有潼川于説習之來過予，求就學之地而不能也，而以恩持正。持正欣然受命，築堂於黔江之東，曰魯基。他日與習之俱來請堂名，余爲名曰朋樂。孔子曰：「有朋自遠方來，不亦樂乎。」夫獨學而無朋，此窮鄉之士所以罕見寡聞，終身守其固陋，不可適于通達之邦者也。今持正樂得士，習之樂得共學，既知之矣。惟思慕古人愛惜日力，相開以多聞，相盡以改過，擴其閭巷之知，蔚蔚然爲達人之觀，然後不孤吾言矣。紹聖五年四月乙未，涪翁記。

7 萍鄉縣寶積禪寺記

寶積禪寺，本周廣順中以民李氏施宅地梵林寺。寺有僧伽象，顯德中見光怪累日，因改寶積寺。星居六室，以元符二年十二月敕破律爲禪，以僧紹概主之。而概于萍鄉無法緣，居十月而里人不施一錢，于是棄而去。三年十月，余伯氏元明爲令也，擇請延慶院山主宗禪來尸法席。禪倦游諸方，號稱得安樂法。其居延慶也，變飲酒食肉處爲菩提坊，開草萊荆棘爲金碧聚，故元明以爲是必能興我寶積。三招而後肯來，至則破六律院爲一叢林，謗者杜口，檀者傾施。六閲歲，盡徹蜂房之屋，鬱爲鷲峰之會。建中靖國之元，方丈、三門、世尊之廟崇成矣。粤明年，樂静室、德味厨、法堂皆畢工。凡率有錢之家爲五百萬，而所以庇覆安樂道衆冗徒之屋無不具。使嚚訟者口談般若，鄙吝者心悦檀施。若禪者可謂有功於此縣，而其道行之化，或溢於鄰邦矣。伯氏來屬爲禪記之，故敘載如此。崇寧二年十一月丁丑，朝奉郎、管句洪州玉隆觀、雲騎尉、賜緋魚袋黄庭堅魯直記并書，萍鄉縣令黄大臨元明立石。

8 普覺禪寺轉輪藏記

法界門中無孤單，法起則全起。古人陳迹無壞滅，性用則日新。惟去本之日遠，不知法所從來，遂令色像崝嶸，心目流轉。故説法者濫於邪師，聽法者窮乎不信耳。普覺禪師楚金既作經藏，以書抵山谷道人曰：「我初住普覺，破屋數十楹耳，不知何人蠶食吾垣，地闕東北，茅塞吾道，蛇行東西。賴外護之力，皆復厥初。我四垣平直，松竹行列，道出正南，會於四達之衢。由上漏下濕，至於風雨寒暑而不知；由食時乞飯，至於日餔百人而不潟〔一〕。末後以檀施之餘，建蓮華轉輪經藏。百工神奇，輪奂一新，化出幻没，耀人心顔，佛事莊嚴，自謂愜當。然或譏謗，以謂大老翁當爲十方衲子興法之供養，安用作此機械隨俗娉夸耶？於山谷意如何？」山谷曰：「妙德法界，不容一塵；普賢行門，不利一法。吾聞轉輪藏者，權輿於雙林大士，可謂淺深隨量，巧被三根。今使在俗處廛不知文字性相者，捨所積藏，滅慳貪垢，布浄信種，隨此輪轉，示世間生起所因，所作饒益，被譏謗者亦知之矣。若乃此離垢輪圓機時示諸衲子，轉者誰轉，止者誰止，負荷含藏，承誰恩力，一念正真，權慧具矣。若能如是觀者，即絶衆生生死流，即具普賢一切行。不如是觀，雖八萬四千寶目徧入五千四十八卷，字字照了，虎觀水磨，竟是何物。常坐不動道場，即此以爲佛事，善知諸子回心與未回心，堪入生死與不堪入生死，根器成熟與未成熟，法之供養更於何求？」普覺老欣然曰：「我今有六十衲子坐夏，而山谷道人爲我轉此法輪，省老翁無量葛藤。幸爲我書之，以告來者。」元祐九年四月丁巳，豫章黄某記。

〔一〕溻：原注：「音賜。」

9　幽芳亭記

蘭生深林，不以無人而不芳；道人住山，不以無人而不禪。蘭雖有香，不遇清風不發；棒雖有眼，不是本色人不打。且道這香從甚處來？若道香從蘭出，無風時又卻與萱草不殊；若道香從風生，何故風吹萱草無香可發？若道鼻根妄想，無蘭無風，又妄想不成。若是三和合生，俗氣不除。若是非蘭非風非鼻，惟心所現，未夢見祖師腳根有似恁麽，如何得平穩安樂去？涪翁不惜眉毛，爲諸人點破：蘭是山中香草，移來方廣院中。方廣老人作亭，要東行西去，涪翁名曰「幽芳」，與他著些光彩。此事徹底道盡也，諸人還信得及否？若也不得，更待彌勒下生。

10 張仲吉緑陰堂記

嘉陽張仲吉，寓舍於僰道，以酒壚爲家産，若朝夕汲汲於闤中之贏惟不足。及能種花養竹，閑閑於林下之樂嘗有餘。其子寬夫又從予學，故予數將諸生過其家。近市而有山林趣，花竹成陰，嚶鳥鳴蛙〔一〕，常與人意相值。或時把酒至夜，漏下二十刻，雲陰雷風，與諸生銜雨踏泥而歸。諸生從予，未嘗有厭倦焉，則仲吉父子好士喜賓客可知也。今蒙恩放還，去此有日矣。故書游息之樂，使工李壽刻之緑陰堂上，使後之不及與予同時者得觀焉。元符三年六月丙子，涪翁記。

〔一〕蛙：原作「哇」，據《豫章先生遺文》卷三改。

11 游龍水城南帖〔一〕

龍水城南，大雷雨後，十里至廣化寺。谿壑相注，溝塍爲一，草木茂密，稻花發香。邵彦明置酒招予及華陽范信中、龍城歐陽佃夫，約清旦會於龍隱洞。余三人借馬自南樓來，至則彦明及其弟彦昇在焉。初至，震雷欲雨，既而晴朗。燒燭入洞中，石壁皆霑濕，道崖險路絶，相扶將上下。及乃出洞之南，東還卧洞口。佃夫抱琴作賀，若有清風發於土囊，音韻激越。余與彦明棋賭大白〔二〕，彦明似藏行也。是日信中從佃夫授琴，久之得數句。洞南有喬木，似栟櫚。熟視，葉間有實毬生，似橄欖，問從者，蓋木威也。木威，《本草經》無有，宜州諸城砦多有之。風俗取豚膾合之爲鱔，盤中珍膳也。頃有饋余，余不能啗也。佃夫曰：「廣東蓋號爲烏欖，猶邕、貴間謂波斯橄欖云。」木威之葉，廣東西人用作雨衣，柔勒密緻，勝青莎也。彦明者，臨淮邵革，彦昇兄也。信中名寥。佃夫名襄。余者，江西之修水黄某魯直。時崇寧四年六月辛巳。

〔一〕「帖」下原有「記」字，據嘉靖本删。光緒本原注：「自此下諸記俱從舊本題跋中編正。」

〔二〕大白：原作「太白」，據嘉靖本改。

12　海昏題名記

元祐八年春正月甲辰，韓城元聿、建安胡勳、浚儀李安行、豫章黄某會於海昏縣齋，觀智顯寺竹林中所得顔家壟斷碑，清勁秀發。李君出古編鐘，其銘類殳書，不能盡識。座客談倉前樟木乃是數百年物，材木也，而能若是之壽。歎李公擇冢上之松已拱，無不慨然。元君云，玉真觀道士王從政治石欲刻余書，因書予之。黄某記。

13 禮思大禪師題名記

修水黄某，弟仲堪，子枌、梓、椿、相、棁，成都范温，道人文演同來。禮思大師，閲三生藏，閲貝多梵字經，二錫杖，象刻佛供；，僧俗書經夾，有纖靡如蟻，映光不可讀者；及佛牙、舍利、蚌中觀音相。寶玩溢目，爲書「觀寶軒」三大字。坐獨松軒，觀老松突兀於衆杉間，本無超群之意。崇寧三年正月甲辰。

14 吴叔元亭壁記

朝奉郎、新當塗守黄某，於崇寧元年四月丁未來謁叔元，晚登秀江亭。澄波古木，使人得意於塵垢之外，蓋人閑、景幽，兩奇絶耳。

15 南浦西山行記〔一〕

某蒙恩東歸，道出南浦。太守高仲本置酒西山，實與其從事譚處道俱來。西山者，蓋郡西渡大壑，稍陟山半，竹柏薈蔚之間，水泉瀦爲大湖，亭榭環之〔二〕。有僧舍五區，其都名名曰勒封院。樓殿臺觀重複，出没煙霏之間，而光影在水，此邦之人歲修禊事於此。凡夔州一道，東望巫峽，西望郁鄢〔三〕，林泉之勝，莫與南浦争長者也。寺僧文照喜事，作東西二堂於茂林修竹之間。仲本以爲不奢不陋，冬燠而夏涼，宜於游觀也。建中靖國元年二月辛酉，江西黄魯直題。

〔一〕南浦西山：原作「西山南浦」，據《豫章先生遺文》卷一二乙正。

〔二〕榭：原作「樹」，據《豫章先生遺文》改。

〔三〕西望：《八瓊室金石補正》卷一〇八作「西盡」。郁鄢：原作「郁鄢」，據《八瓊室金石補正》改。又此下光緒本原注：「戎州縣名。」

16 浯溪崖壁記

余與陶介石遶浯溪，尋元次山遺跡，如《中興頌》《峿臺銘》〔一〕《右堂銘》，皆衆所共知也。與介石裴回其下，想見其人〔二〕，實深千載尚友之心。最後於庴亭東崖披翦榛穢〔三〕，得次山銘刻數百字，皆江華令、瞿令問玉筯篆，筆畫深穩，優於《峿臺銘》也〔四〕。故書遺長老新公，俾刻之崖壁，以遺後人。山谷老人書。

〔一〕臺：原作「堂」，據《八瓊室金石補正》卷九〇改。

〔二〕想見其人：原脱，據《八瓊室金石補正》補。

〔三〕 唐：原作「浯」，據《八瓊室金石補正》改。
〔四〕 峿：原作「唐」，據《八瓊室金石補正》改。

17 石門寺題名記

韓城元聿、雙井黄某同遊石門。霜清木落，山川高明，掃逕上冠雲亭〔一〕，可以忘歸。

〔一〕 掃逕：《豫章先生遺文》卷一二作「掃葉」。

18 游瀘州合江縣安樂山行記

建中靖國元年正月晦，合江令尹白宗愈原道，率江西黄某魯直，拏舟泛安樂溪，上劉真人山。同來者：臨潁索繼萬希一，黔安文煇德夫。主簿郭中子和以疾初起不能來，尉周世範表民以支軍廪不至。安樂山，真人飛昇之宅也。真人諱珍，字善慶，初卜居此山，曰：「僰道平山氣歇而不清，江安方山氣濁而不秀，求山而清秀〔一〕，唯安樂山耳。」既定居，泉源發甘，虎豹服役。晦日之游，雲霧晦冥。將出山，晚晴，諸峰皆出。

〔一〕 求：《豫章先生遺文》卷一二作「成」。

19 游中巖行記

黄某、楊韡、祝林宗、了賢、慈元步自思濛江，經喚魚潭〔一〕，長老圓亮來迎，酌玉泉，乃上巖寺。元符三年八月戊午。

〔一〕經：原脱，據《豫章先生遺文》卷一二補。

20 又

信孺置酒之明日，九月甲子，蒲志同泰亨與楊琳君全〔一〕、弟嵒景山、王箴元直、蒲棪庭臣、石充君美、史戡彦祖酌予於此〔二〕，實與外弟張祉介卿、六祖禪師師範同來。黄某魯直書。

〔一〕君全：原作「君仝」，據《豫章先生遺文》卷一二改。

〔二〕彦祖：《豫章先生遺文》作「彦桓」。

21 又

元符庚辰季秋之丁丑，尉張祉介卿及其兄槭子謙〔一〕、姪協大同、甥宋正臣端弼邀予擕茗來煮玉泉。同來者楊湛君貺、張澥持遠。自頃屢來，常苦晦冥，是日天地開廓，極目千里。黄某魯直。

〔一〕 榹：《豫章先生遺文》卷一二作「褫」。疑當作「褫」，與「祉」俱從「示」。

宋黄文節公全集·别集卷第三

銘

1 瀘州開福寺彌勒殿銘〔一〕

瀘州控緜水一都會，文經武略，付在守臣，呼吸變故，應以整暇。佛廟鐘鼓，亦用震驚聾俗，使相輯睦，不相侵冒，實爲王略之助。瀘故有開福寺彌勒大像殿，屹岌通衢，夷夏所瞻摩。以歲祺，金碧黯昧〔二〕，象設攲傾，僧景沂、了愚、了謁同力新之。始於紹聖丁丑，成於建中靖國之元，而景沂來請銘〔三〕。余爲稽首，銘之曰：

能仁像法，岌岌將傾。知足天王，下開群冥。維此金像，景沂所作。侍其純夫，實掌西南之鑰。有其閉之，莫相侮侵。有其開之，來獻其琛。

此卷摹刻畢，便留充沂上人衣鉢〔四〕。若有攘臂紾奪者，依東坡先生施四菩薩板誓。建中靖國元年正月丁亥，清輝閣前舟中書〔五〕。

〔一〕彌勒殿銘：《豫章先生遺文》卷二作「大像銘」。
〔二〕昧：原作「時」，據《豫章先生遺文》改。
〔三〕來：原無，據《豫章先生遺文》補。
〔四〕充：原作「究」，據《豫章先生遺文》改。
〔五〕清：原作「青」，據《豫章先生遺文》改。

2 表弟李廣心作太湖主簿於解舍中作雙寂堂遠來求銘

境寂心鬧，動静沈掉。心寂境喧，萬物森然。心境雙寂，語默作息。心是寂根，事乃枝葉。物物本然，自動自業。將心求寂，如驢覷井。以寂安心，馮老送癭。

3 任運堂銘

或見僦居之小堂名「任運」，恐好事者或以藉口，余曰：騰騰和尚歌云：「今日任運騰騰，明日騰騰任運。」堂蓋取諸此。余已身如槁木，心如死灰，但作不除鬚髮一無能老比丘〔一〕，尚不可邪？

〔一〕作：原脱，據《豫章先生遺文》卷二補。

4 關幽亭銘

從事於俗吏之軌，何時得少關幽事、澡雪塵坌哉！此亭常先見曉〔一〕，則夙興於吏事之前，爲可得意。老杜云：「春來常早起，幽事頗相關。」故名之。

〔一〕先：原作「光」，據《豫章先生遺文》卷二改。

5 寸陰齋銘

筦庫之職，不盡心則事不舉。盡心公家，則少暇日。觀公有意於問學，其惜寸陰，則不暇矣。

6 脱黏菴銘

愛憎利欲，膠著胸中。欲脱此黏，以道爲工。

7 密軒銘

事以密成，語以泄敗。士大夫之生〔一〕，以口爲戒。

〔一〕士大夫：《豫章先生遺文》卷二作「士夫」。

8 明月泉銘

谷簾造次不窮源，棲賢招隱聲撼天〔一〕。守居井甃冽寒泉，明月乃用堂名傳。

〔一〕招：《豫章先生遺文》卷二作「松」。又「聲撼天」三字原缺，據上書補。

9 宴坐室銘

李子宴處，不惰不馳。觀宇觀宙，使如四肢。不動而功，不行而邁。萬物芸芸，則唯我在。

10 天保松銘

衡州花光山，實衡嶽之南麓。有松傑出，盤礴雲表。晉陵鄒浩嘗以問長老仲仁曰：「方法堂佛殿鼎新之時，他山之木尚入繩墨，乃不以爲材耶？」仲仁曰：「自其合抱以來，睥睨於其旁者踵相尋而至，豈特吾寺之人哉！但以適當天子壽山之前，故不敢運斤耳。」因告之曰：「若聞天保之名乎？其比物以見意，止言如南山之壽，而以松柏之茂繼焉。今山前之松，可謂茂矣，宜以天保名之。」仁請著以示後，於是乎銘曰：

山有喬松，在南山之陽。巧匠觀傍，莫之能傷。非此以爲材，可以全生。得極其高大，惟時太平。薄海内外，罔不稽首。歸美以報，如松之茂。惟此獨也，正能長且久。勿伐勿敗，祝聖人壽。〔一〕

〔一〕原注：「右皆家傳。」

11 元聖庚大帶銘

不懈於位，昊天其子之〔二〕。不愧于天，萬物將賓之。尺蠖之智，屈而伸之。〔三〕

〔二〕子：《豫章先生遺文》卷二作「介」。

〔三〕原注：「右得之元氏家藏。」

12 銅雀臺硯銘

惟曹氏西陵之陶瓦，堙伏千齡。深淵而出〔一〕，逢世清明。當其貯歌舞、蔽風雨，初不期爲翰墨主〔二〕。嗚呼，不有君子，長與甓爲伍。

分寧王文叔爲洛川守，得此於千仞之淵，舉以畀予。予申以爲硯，雙井黃庭堅銘。〔三〕

〔一〕深淵：《豫章先生遺文》卷二作「探川」。

〔二〕「當其」以下二句，《豫章先生遺文》作：「其屋歌舞，以除風雨。初不自期，爲翰墨主。」

〔三〕此跋嘉靖本作：「艾城王文叔得此于深川之上，予銘文叔之墓，啓文叔之子申以爲硯而歸予。雙井黃□志。」

13 金龜硯銘

叔祖公溥，得石溪滸。剖璞見龜，以薦書府。靈龜六用，顯一藏五。天資秀温，韞櫝應雨。〔一〕

〔一〕原注：「右有石刻。」

14 磚硯銘

宜爲礎而爲硯，不薦柱而登几。世皆爾耳，何獨怪此。

15 蘇廉正硯銘〔一〕

剖璞而得息，擠而温栗，惟其生之質。山上有澤，虚而容物。鎮跌定傾，不鼈而立極〔二〕，維琢磨之力。將以擬天下之賾，維翰林子墨。

〔一〕蘇廉正：《豫章先生遺文》卷二作「蘇廉正平」，疑此本脱「平」字。

〔二〕鼈：原作「鷩」，據《豫章先生遺文》改。

16 周元功硯蓋銘

以金爲鑑，自見媸媚。以古爲鑑，在夏后之世。以人爲鑑，常不病義。鄭公既没，唐失一鑑。人無畏友，不僭斯濫。

17 遺邵南硯銘

童子邵南，連山之族。生於宜都，海口河目。故投以此硯，以記其他日之不録録。

18 龐道者硯銘

付龐道者。學道之心如此堅石，則得矣。

19 曹伯達硯銘

巴東南浦巴子國，金崖之下有蒼石。琢而成器受書滴，翰林主人子墨客。不鄙夷之與偃息，不離輕重與南北。重爲輕爲可戒德，曹氏父子百夫特。

20 周元功三足硯銘

三足鼈，縮頭不出。背負翰墨，不反不側。清潤敦厚，則以比德。

21 石秉文硯屏銘

東方作矣，照耀萬物。太白晱晱，猶配寒月。影落石中〔一〕，千歲不滅。

〔一〕石：原作「右」，據嘉靖本改。

22 茶磨銘

楚宫散盡燕雪飛，江湖歸夢從此機。

贊

23 戲題戎州作予真

前身寒山子，後身黄魯直。頗遭俗人惱，思欲入石壁。

24 峨眉真人陳圖南真贊

一藤出山，來正人紀。見藝祖、太宗曰：「天下定矣。」如月在天，去來無疵。巍巍頎頎，爲帝王師。聖哲肺腑，天人眉目。三峰遶宅，歲晚松菊。

25 彌陀贊

彌陀願滿衆生界，衆生界是本來心。良由自心取自心，往來西方極樂國。暫時斂念門户開，處處文殊入普賢。親見本身無量壽，情與無情成正覺。

26 觀音贊

衆生墮八難，身心俱喪失。惟有一念在，能呼觀世音。火坑與刀山，猛獸諸毒藥。衆苦萃一身，呼者常不痛。何用呼菩薩，當自救痛者，不煩觀音力。衆生以二故，一身受衆苦。若能真不二，則是觀世音。八萬四千人，同時俱起救。

27 維摩詰畫贊

維摩無病自灼灸，不二門開休闔首。文殊贊歎辜負人，不如趙州放笤箒。

其二

不二法門無別路，諸方臨水不敢渡。鶖子怕霑天女花，花前竹外是誰家？

28 翠巖璣禪師真贊

一步一彌勒，一句一釋迦。逢人雖不殺，袖裏有青蛇。是翠巖則二，非翠巖則别。彌勒下生時，亦作如是說。

29 圓通璣禪師贊

諸法坐處坐，諸佛行處行。如來無簡擇，清鏡坦然平。有人借問誰家曲，睫上眉毛何自生〔一〕。

〔一〕「睫上」句：原作「眨目眉毛何似生」，據《豫章先生遺文》改。

30 承天寶禪師贊

靈山會上，得箇消息。建安城中〔一〕，不落裷襀。黄梅路口〔二〕，雪裏開花。九江渡頭，無風起浪。

〔一〕建安：原作「達安」，據《豫章先生遺文》卷二改。
〔二〕黄梅：原作「黄撫」，據《豫章先生遺文》改。

31 郭功父得楊次公家金書細字經求予作贊

爲一大因緣，《佛説妙蓮華》。清浄法光明，透徹十二部。我法妙難思，雖説未曾説。是故祕密藏，藏在微塵中。有大心衆生，破塵出經卷。字義皆炳然，堂堂而祕密。或以糅金書，莊嚴甚奇妙。以其翰墨功，微細作佛事。勝眼若千日，照耀世界海。説法從心起，復以心莊嚴。非小亦非大，而等衆心量。水牛生象牙，墮在諸佛數。

32 蒲團座贊

謂余輪邪，吾不隨爾馳逐。謂予扇邪，吾不亂爾寒燠。寬燥厚緩者，老人之養安。質樸自然者，野人之無欲。娱爾以貝葉銅缾，友爾以繩床笻竹。跏趺主人百不能，一裘一葛平生足。

33 龐道者名悟超贊

悟道識性，超凡入聖。文殊壹源，普賢萬行。

34 芝贊 有序

吕君餽元芝，一蓋三足，真異物也。曰：「請以此乞數字藏於家。」余爲作贊曰：

不生甘泉銅池裹〔一〕，一莖九葉媚神天。伴余西去禦魑魅，馬湖江上看蠻舡。

〔一〕裹：原作「震」，據《豫章先生遺文》卷二改。

35 畫木石贊

小山叢竹，到天古木。石下有人，定是山谷。

36 題崇德君所畫雀竹蜩螗圖贊

蒿下蹄間〔一〕，斥鷃飲啄。争雄窮枝，竿網將作。蟬嘒竹間，自謂得已。螗螂從之，鷄鳴不已。

〔一〕蹄：原作「啼」，原校：「啼一作蹄。」嘉靖本作「蹄」，今改。

37 緑菜贊

蔡蒙之下，彼江一曲。有茹生之，可以爲蔌。蛙蠙之衣，采采盈掬。吉蠲洗澤，不溷沙礫。芼以辛鹹，宜酒宜餗。在吴則紫，在蜀則緑。其臭味同，遠故不録。誰其發之，班我旨蓄。維女博士，史君炎玉。

38 劉元輔畫馬扇贊

天材權奇，以龍爲友。玄黄虺隤，以腳支柱。與物殊絶，筆墨易取。至於庸庸，殆難爲工。然後知何時，有古人之風。觀其雄雌，矜顧不進。庸中佼佼〔一〕，駑中駿駔邪〔二〕！

〔一〕佼佼：原作「俊佼」，據《豫章先生遺文》卷二改。

〔二〕駿：《豫章先生遺文》作「駮」。又篇末光緒本原注云：「右皆家傳。」

頌

39 與六祖長老頌〔一〕

昨夜三更，有人點燭。燒盡十方，天堂地獄。不知是誰家之子，都無面目。但只向深草中藏，莫向孤峰上宿。齋時有飯，天明有粥。自然而得，山青水緑。

〔一〕底本此首之前尚有《禪頌》《壽禪師悟道頌》二首，前一首又見《豫章先生遺文》卷二。據陳曉蘭《黄庭堅佚詩輯考》，前一首實爲唐僧寒山子作，後一首爲宋僧釋洪壽作。今删。

40 慈母巖亮長老頌

敕書改律爲禪，意在扶力宗空〔一〕。人欲破禪作律，群兒更助之攻。莫恨塞翁失馬，會取楚人亡弓。老夫亦不掩耳，我來自聽松風。

〔一〕扶：原作「無」，據《豫章先生遺文》卷二改。

41 和宣叔乞筍伽陀二頌

筍充庖，日百尾。千角鹿，九首虺。心生竅，渾沌死。搜中林，撅稺子。腹便便，老饕耳。

其二

收夏筤，四月尾。雨斑斑，雷虺虺。繭栗皤，觳觫死。數持來，勸老子〔一〕。或遭罵，牆有耳。〔二〕

〔一〕勸：原作「勤」，據《豫章先生遺文》卷二改。

〔二〕原注：「《正集》有《乞筍於廖宣叔頌》，即此韻。」

42 戲呈峨眉僧正簡之頌

普賢菩薩不來，山谷老人不去。夜來月上勝峰，説盡薩提露布。驚起峨眉衲子，腳酸不到中路。杜鵑識甚鬧忙〔一〕，剛道不如歸去。

〔一〕鬧：《豫章先生遺文》卷二作「閙」。

43 明叔惠示二頌云見七佛偈似有警覺乃是向道之端發於此故以二頌爲報

山川圍燕坐，日月轉庭隅。般若心常是，如來卧起俱。多聞成外道〔一〕，只守即凡夫。欲聽虚空鼓〔二〕，須彌作鼓桴。

其二〔三〕

平生討經論，苦行峻廉隅。僞契已無分，買山雲自俱。身爲廊廟宰，夢作種田夫。欲辨身兼夢，還如鼓與桴。

〔一〕成：原作「城」，據《豫章先生遺文》卷二改。

〔二〕鼓：原作「教」，據《豫章先生遺文》改。

〔三〕原注：「《詩集》内有《報楊明叔題》，即此韻。」

44 化氈頌

奪卻群生夏衣，成得衲僧卧具。爲伊業識茫茫，所以一奪一與。三百四百野狐隊，中有一兩箇不瞌睡。十方虛空百雜碎，寧不打破慳皮袋。

45 失紫竹柱杖頌 有序

某三月二十九日發袁州，見追送之客於西關門外，從者遺老夫紫竹杖，於使者廟門遂失之。宜春尉徐思齊路見不平〔一〕，徧下諸山求索，乃得之於木平觀，云：「人力於萬載廣惠得之。」山谷拊掌云：「草賊大敗！」因戲作頌，奉呈思齊尉公。

袁州西關，失卻柱杖。木平萬載，縣裏拾得。恰似鄭州，卻出曹門。何處待此，左科禪客。〔二〕

〔一〕思齊：《豫章先生遺文》卷二作「思濟」。下同。

〔二〕原注：「右有石刻。」

46 竹頌

深根藏器時，寸寸抱奇節。遭時上風雲，故可傲冰雪。

47 爲茇橋居士作念念即佛頌

諸佛心内，衆生心心作佛；衆生心中，諸佛念念證真。若言諸佛無相〔一〕，山鬼窟裏安葬。即今十二時中，是誰隨波逐浪。

〔一〕若：原作「君」，據《豫章先生遺文》卷二改。

48 寄清新二禪師頌〔一〕

石公來斵鼻端塵〔二〕，無手人來斧始親〔三〕。白牯貍奴心即佛，銅睛虎眼主中賓〔四〕。自攜瓶去沽村酒，幻著衫來作主人〔五〕。萬里相看如對面，死心寮裏有清新。

其二

死心寮裏有清新，把斷黄河塞要津。一段風濤驚徹底，箇中無我亦無人。夢驚蛇咬慞惶走，痛學尋醫妙有神〔六〕。此是如來正法藏，覺來牀上笑番身。

〔一〕寄：《豫章先生遺文》卷二作「伽陀寄」。「二」字疑當在「頌」字上。

〔二〕石公：《羅湖野録》卷一作「石工」。

〔三〕始：原缺，據《羅湖野録》補。

〔四〕銅睛虎眼：《羅湖野録》作「龍睛佛眼」。

〔五〕幻：原校：「一作卻。」《豫章先生遺文》作「卻」。又「著」字《羅湖野録》作「脱」。

〔六〕醫：《豫章先生遺文》作「師」。又「妙」字原缺，據《豫章先生遺文》補。

49 送黄龍曉禪師住觀音頌

黄龍一卧十五年，攪潭驚起舊頭角。張公攪潭是好心，但向西江起風雹。河陽新婦畫蛾眉，老婆不可重新學。長連牀上鋪棘針，滿鉢飯飣鐵蔆角。有能歡喜受供養，聰明一一安排著。張公若問解何宗，食月蝦蟇救月弓。

50 雲居祐禪師燒香頌

一身入定千身出，雲居不打這鼓笛。虎馱太華入高麗，波斯鼻孔撑白日。

51 歸宗茶堂森明軒頌

萬竹森然，莫非自己。作如是觀，可謂明矣。菁菁翠竹，來者得眼。其不得者，我亦無簡。助發此觀，亦有風雨。若問軒名，請與竹語。〔一〕

〔一〕原注：「右皆家傳。」

52 送慧林明茶頭頌〔一〕

慧林有一老人，恰似銀甕盛雪。徹底元無滲漏，旁觀但知皎潔。有徒三百二百，木鑽謾鑽磐石。或遇東海鯉魚，一棒令生羽翼。其餘兩兩三三，歸堂又要茶喫。上人南來雲水，因行不妨掉臂。鳳山修水東西，靈草春來滿地。但令己事相應，歸日驢駝不起。〔二〕

〔一〕茶頭：《豫章先生遺文》卷二無「頭」字。

〔二〕原注：「右有石刻。」

53 題般若會疏頌

六祖深禪獨腳，與盲抉開眼瞙。走入天下乞錢，涪翁放過一著。

54 因六祖舉太和山主語而成頌貴此話大行

峨眉山中老，千頌自成集。持問太和山，鶻臭當風立。

55 墨蛇頌

此書驚蛇入草，書成不知絶倒。自疑懷素前身，今生筆法更老。

56 以香燭團茶琉璃獻花椀供布袋和尚頌

一鉢千家飯，孤身萬里浮。知音若相問，不住涅槃州。彌勒真彌勒〔一〕，分身千百億。若問下生時，不打這鼓笛。

〔一〕「彌勒」句以下，嘉靖本另分爲一首。

57 玉泉長老不受承天襯因作頌

達磨從西來，不受梁武襯。卻面少林牆，衣鉢一萬貫。

58 不俗軒耐閑軒頌

不愛孔方乃不俗，放下利欲是耐閑。棒打石獅子〔一〕，論實不論虚。

〔一〕石獅子：《豫章先生遺文》卷二作「石頭子」。

59 東禪長老夢偈

東禪長老以《夢説》累數百言示余，余因戲以禪語問之曰：「上人前日之夢，若以爲有邪？則駕天之洪濤，闢户之靈室，今安在哉？若以爲無邪，則向之磬折以請、摳衣而趨者果何所從來邪？若以爲若有若無，則今之盱衡抵掌、對客而談者猶夢中也。」上人無以對，又問以偈。曰：

伐木丁丁斧下鳴，隔溪便應谷中聲。不因蘋末微風起，漂影溪光本自明〔一〕。

〔一〕原校：「漂一作潭。」

60 次韻奉答南山禪師二頌兼呈琦上人

魚吼鐘鳴索飯錢，牧牛耕種别人田。唯師收得祖關在，一笛操江月滿船。

其二

南山四至分明也，一日元來十二時。兩箇泥牛齊著力，矛頭淅米劍頭炊。〔一〕

〔一〕原注：「右有石刻。」

61 奉留楚金長老

長安甚鬧不須驚，好與牛兒著鼻繩。方便把他悲願枸，斬新然佛大明鐙。

其二

但將飯向無心椀，自有人扶折脚鐺。不用重尋舊巢穴，胡蜂窠掛萬年藤。

宋黄文節公全集·别集卷第四

字説

1 子琇字説〔一〕

宗室令子景道，往歲以瓜葛嘗接雍容，來告曰：「小子子琇既從學其僚，問所以尊其名者，願訓告之。」某字之曰聰玉，其説曰：目者五色之主，於以觀先王之典禮。耳者五聲之主，於以聽先王之法言。心者萬物之主，於以度先王之德行。古者玉藻以蔽明，琇瑩以充耳，衡琚璜瑀以服其躬。故曰：内視之謂明，退聽之謂聰，克己之謂强。古之學者善假於物，無非學也，故曰：「言念君子，温其如玉。」字子琇曰聰玉，其義如此。宗室子弟自有詔用師儒，可持此講問其詳也，故爲言其略。

〔一〕字説：嘉靖本作「字序」，以下至《青城唐當時字説》均同。

2　江南祝林宗字説

黟川祝林宗，因知命問字於涪翁。涪翁字之曰有道，而告之曰：漢東國士，惟郭有道。尚友千載，雖遠可到。廓爾胸次，以觀群躁。元符三年七月。

3　唐驥字希德説

驥，千里之馬，出於冀北之野，而有逸群之材。雖有逸群之材，而能左準繩、右規矩，聽御者之轡勒。雖有餘力，不以詭銜竊轡，是故可以服萬乘之駕，而撫四方。故曰：驥不稱其力，稱其德也。

4　才季弟諸子字説

樞者，轉物之宰也。莊子曰：「始得其環中，以應無窮。」字曰環中。楶者，侏儒柱也，雖小才而爲大用，桴棟不得則不安，字之曰安上。椅者，良材，不以歲月霜露成其材，則不能爲國器。「樹之榛栗，椅桐梓漆，爰伐琴瑟。」字曰爰伐。栩者，大而化之情也。昔者莊周夢爲蝴蝶，栩栩然，自諭適志與，不知周之夢爲蝴蝶，蝴蝶之夢爲周。善學者獨立於萬物之原而物化〔二〕，則夢富貴而我由是也，夢貧賤而我由是也，一以夢觀之，則喜怒無所關矣。字曰夢周。

〔二〕獨立：原脱「立」字，據《豫章先生遺文》卷二補。

5 杜靖字説

杜叔元之子紹閆，年七歲，來乞名。涪翁名之曰靖，字之曰安雅。雅，正也，如饑則受食，寒則求衣，渴則取飲，貧則受饋。有則言有，無則言無。出入坐起，無所不用情。此長者之教，童子之學，所謂雅也。君子坦蕩蕩，安雅也。安雅，則行於所無事；行於所無事，則順逆萬端，日陳於前，我心未嘗不嘉靖也。元符三年九月辛巳，涪翁書。

6 馬文叔字説

成都馬君景純毅夫，從予游。問其名字所以然，蓋取《易》之《文言》曰：「剛健中正，純粹精也。」問其加「景」字，而不能説也。余曰：名字加景，蓋自漢、魏以來失之。《詩》云：「高山仰止，景行行止。」景行猶高山也，而曰景仰之者，余不知其説也。可去景而名純，字曰文叔。《傳》曰：「文王之所以爲文也，純亦不已。」夫古人之用心於道，勿雜而已。

士之所以爲士，以此事親，以此守身，以此取友，未有不純一而成其德者也。荀卿曰：「始乎爲士，終乎聖人。」故字之曰文叔。孟子曰：「吾身不能居仁由義，自棄者也。」吾子其勉之思之。

7　石信道諸子字訓

石信道諸子求余更其名字，余且因且革，名之曰翼、畢、奎、參、亢。又作字訓。其名曰翼之字曰氣游，畢之字曰盡仁，奎之字曰秉文，參之字曰孝立，亢之字曰善長。翼者，南維朱鳥之翼也。夫存心養性，以與天地參也，則能御六氣以游無窮，此人而有天翼者也〔一〕。畢者，其形象鼎之實，故謂之畢，與「天下之能事畢矣」之畢同。夫仁者人也，能盡仁則位乎天地之中者畢矣。奎者，鉤狀似籀文，故以爲天之文宿。天垂象以示人，非秉文之德，孰能配之哉！參星象旗之垂參，象之著者也。《詩》云「三星在户」，又曰「三星在罶」，蓋言其著焉。子曰：「立則見其參於前也，在輿則見其倚於衡也，夫然後行。」故曾子名參，字子輿。夫名者實之賓也，有是名，人將責實焉，非事親之行立，則將爲萬物之賓乎！亢者〔二〕，東維之長，天之壽星也，維仁者能壽。《易傳》曰：「元者，善之長也。」君子體仁，足以長人。仁者之壽，所謂没而不朽者也。夫耆年而言行不著焉，則吾不謂之壽，謂之陳人而已矣。建中靖國元年正月，山谷老人説。

〔一〕天：原校：「一作夫。」

〔二〕者：原作「名」，據《豫章先生遺文》卷二改。

8 南犍王陽字説

犍爲清谿王君陽，孤立喜讀書，夷雅之士也，其字曰吉老。涪翁曰：「王氏安知非諫大夫之後？名其字則可，字其名不可。」吉老固請改之，曰志父。吉事驕主，以能切諫免死。其事宣帝，數言事，上以迂闊，不甚寵異也。吉謝病家居，其不肯求合可知已。凡吉出處志操，皆可師也。君慕王吉，誠能力行之，予觀今之士大夫能如吉鮮矣。《詩》云「高山仰止」，惟有志者能之。

9 青城唐當時字説

青城唐邁，因余林下之友方廣純翁來問字。余字之曰當時。詭時不逢，白璧按劍。聲氣相求，頓合無漸。知逢不逢，在物非己。以仁自牧，吉祥來止。士生當時，身在天衢。志在田里，其尾不濡。涪翁書。〔一〕

〔一〕原注：「右見叙州石刻。」

10 張説子難字説

南陽張説子難，嘗以名字求余爲序。余辭以不能，而求不已。子難，温成后家，門户方韡韡然，觀子難折節僚友間如寒士，不可謂不智。予嘗以人所不能甘之語犯之，而子難不怒也，不可謂不强。强且智，是將升君子之堂，孰能禦之？則告之曰：「君子易事而難説」，聖人語也。彼可以怒而去，可以拊而來，皆凡民耳。維君子於此道，飲則列於樽彝，食則形於籩豆，坐則伏於几，立則垂於紳，升車則鑾和與之言，張樂則鐘鼓爲之説，顛倒風雨而守此道者猶晏然。彼方脅肩求入，獻笑不情，必且莫逃於水鑒之中。雖然，聾者妙於見秋毫之末，而瞽者聽微，維絶利一源耳。不去害道之習者，無自而入道。寧成爲小吏〔一〕，必陵其長吏；爲人上，操下如束溼。王肅方於事上，而好下佞己。在己則昧，在人則昭，此亦學士大夫之同病哉！君子之待人也，或不屑之教誨，細人之司巇，使我化而與之歸。故神兵經物而不疾，甘鼠齕人而不知，寇在外而闘壯弱，可不戒哉！

〔一〕小吏：原作「少吏」，據《漢書・酷吏傳》改。

11 李惴字相如説

藺相如出於萬死，爲趙抑秦；歸而退讓廉頗，名重太山。魯仲連談笑而卻秦軍，雄誇不遜。故曰相如惴而不傷，仲連傷而不惴，相如爲可學也。

12 韋許字説

許而字邦任，不甚中理，輒奉字曰深道。古人有大功於世者，深於道者也。不深於道而能追配古人，未之有也。自許以深於道，古人之學也。

13 吴開吴閎字説

開字子國。忠信孝悌有於身〔一〕，則天且開之〔二〕，修於家而顯於國矣。閎字子家。閎者高門也，有父兄之慶而爲善以成之，遂有世家，宜矣。

〔一〕有：《豫章先生遺文》卷二作「積」。
〔二〕之：原無，據《豫章先生遺文》補。

14 黎遠字説

龍水黎充字子美，余同年進士黎與幾之族子也，以名觸其遠從祖之諱，乞余更其名。余名之曰遠，而字之曰子思，而告之曰：遠，儒家子也。廢書不讀，此志不遠也。出門從所樂而忘歸，此慮不遠也。耳目聰明而陸沈於此，唯不思故也。子思自今以始，一事而三思可也。崇寧四年九月初六日，山谷老人敍。

15 党渙字伯舟甫説〔一〕

辱手誨勤懇，審宴居奉寢膳安吉爲慰。貴字蓋取諸《易》之《渙》卦，《巽》爲風爲木，故「風行水上，渙。」又曰：「利涉大川，乘木有功也。」乘木涉川而有功者，舟也，故以「舟」爲字。伯者，伯、仲、叔、季〔二〕，别兄弟也。「父」與「甫」同，男子之通稱也〔三〕。如周之程伯休父、樊仲山甫也。如仲尼亦字仲尼父，故人或稱仲尼，或稱尼父也。近世劉敞字仲原甫，攽字叔貢父，亦用此制。恐欲悉，故具之。

〔一〕按《續集》卷九有《答伯舟父》，與此篇重複，已删。又按：「党」原作「黨」，據嘉靖本、《豫章先生遺文》卷二改。以下凡「黨」姓皆改作「党」。

〔二〕伯：原脱，據《續集》卷九《答伯舟父》補。
〔三〕稱：原脱，據《續集》補。

16 張純字説

巴東張純問字於涪翁，字之曰常父。而告之曰：五色成文而不亂之謂純。白則成白，黑則成黑，青則成青，黄則成黄，赤則成赤，然後謂之五色成文。君子之道何異於是？爲仁則成仁，爲義則成義，在家則成子，在國則成臣，是爲純仁、純義、純孝、純忠。夫能純而不雜者何哉？久於其道故也，故曰常父。

17 蔡相字説

蔡相問字焉，涪翁説以戴氏《禮記》曰：「五聲六律十二管，還相爲宫也。」字之曰次律。次律請問其説〔一〕。涪翁曰：《禮》之所論，「人者，天地之德，陰陽之交，鬼神之會，五行之秀氣也」，蓋言其性理也〔二〕。夫五聲雜而成文，律娶妻而吕生子，歲十二月之情也，旋相爲宫。方其用事，而爲是月之主宰也。由君子觀之，十二月者，所遭之變、所遇之勢不同也。能即是律而爲宫者，吾性也。因時御氣，而我不乖其和，可謂能次律矣。

〔二〕次律：原作「以律」，據下文及《豫章先生遺文》卷二改。

〔三〕性理：《豫章先生遺文》作「情性」。

18 黄彝字説

宗弟彝字與迪，其意取《詩》云「民之秉彝，好是懿德」以爲名，取《書》之「兹迪彝教」以爲字。余更其字曰子舟，蓋取《周官》禮器六彝皆有舟云。維酒所以觀德〔一〕，故廟中之酒器謂之彝。言凡在祀典者，皆有常德於酒者也。維酒善能溺人，故六彝皆以舟爲足。言凡在祀典者皆不溺於酒者也。先王之制器，一以象德，一以示人，可謂至教矣。惟子舟好德秉彝，宴然粹温，飲酒數斗而不亂，又常戒酒，不極其量，可謂能温克者也。夫有而不規者疏之也，無而置戒者親之也〔二〕，故子舟雖不溺於酒，而余猶戒之云。

〔一〕維：原作「雖」，據《豫章先生遺文》卷二改。下文「維酒」同。

〔二〕者：原無，據《豫章先生遺文》補。

19 周淵字説

《玉藻》：「十有二旒，前後邃延。」延，冕之覆也，前後垂旒，所邃延也。便事之衣多不加緣，而深衣自領至袪無不緣者，惡衣之淺也。古之人謀事而不更盛衰，則自悔日淺，淺吾爲丈夫也。蓋君子之度，惟深而已。惟深也，故能通天下之志。淵之能深也，積水之極也；君子能深也，積學之致也。故字曰邃夫。

20 書贈余莘老

余景中有子名曰天任，年甫六歲，成誦六經如流，挑試無一不通者。愛其舉止似孫莘老，因以莘老字之，亦與其名叶也。若其長大好學，則自當追配古人，老舅非敢期爾之淺。元祐七年中秋日，書於余氏青青軒。

21 名春老説

元符改元之明年，歲在單閼，十二月二十二日，實立春後五日，温江楊仲穎夜得男，乞名於涪翁。涪翁名之曰春老，蓋其生直執徐之正月，東風解凍矣；又仲穎太夫人在堂，康彊而抱孫，故并二義而名之〔一〕。春之爲氣，萬物皆動而成文，祝此兒懷文抱質，俾爾大母眉壽〔二〕，而見其頎然在士君子之林也。生後七日，涪翁書。

〔一〕二：原脱，據《豫章先生遺文》卷二補。

〔三〕俾：原作「裨」，據《豫章先生遺文》改。

22 李彦回字説

南城李彦回問曰：「朋友愛之教之，忘其鯫也，字曰進徽。坎井小醜，未知南溟之量，願發其覆蒙，得忘其形，儔而學之。」黄某曰：「顔子，以聖學者也。會萬物唯己，是謂居天下之廣居；常爲萬物之宰，是爲立天下之正位；無取無捨，是爲行天下之大道。具此三者，是謂聞道，是謂大丈夫。顔子既體是矣，然而望孔子則尚微，是何也？譬如挽弓，矢力兩指；譬如行遠，九十百里。故曰吾見其進，未見其止。補天立極，萬世不朽，聖人皆友之。血氣之心，知唐死而虚來，聖人皆孩之。販夫販婦，乞兒馬醫，力行致知，睿聖以爲師。道不擇人，聖人不慢人。吾子勉之。」彦回曰：「我欲升堂入室，未知其門鄉背，請借一指，以知道之指南。」曰：「窮於外者反於家，窮於道者反於己。求己以明己，如砥如矢，望道如咫。出門而望人，是謂攻乎異端，播糠目眯。」

23 賀性父字説

賀不疑懷文抱質，困於場屋，自更其名曰天成，以求速化。今年遂與南平計吏偕入，於其行也，問字於其游涪翁。涪翁字之曰性父。夫成之者天也，能奉天德，以仁智游於萬物之中而不憂不疑，非我自性之者乎！性父深思之。〔一〕

箋注

〔一〕原注：「右皆家傳。」

24 注老子道可道一章

道可道，非常道。名可名，非常名。

傳曰：「神鬼神帝，先天先地。」自古以固存，所謂常也。常道、常名，不可道、不可名也。

無名天地之始，有名萬物之母。

常有欲而生大空，大空生天地。天地以我爲始，故强名之曰無名；天地以我爲造物者，故又强名之曰有名。

常無欲以觀其妙，常有欲以觀其徼。

觀道之常本無欲，則妙矣。以道之常隨世，故常有欲也。於其有欲觀之，不見全體。此兩者同出而異名，同謂之玄。於其同則謂之玄，於其異則謂之不玄，此俗學者所以觀道有三有二。玄之又玄，衆妙之門。無爲則玄矣，無不爲則又玄矣。知本無游於萬物之際，則一一皆妙。〔一〕

〔一〕原注：「右家傳。」

25 杜詩箋

更須慎其儀

《陶侃傳》〔一〕：諸參佐「當正其衣冠，攝其威儀，何有亂頭養望，自謂曠達邪？」

曾冰延樂方

傅毅《舞賦》云：「朱脣紆清揚，抗音高歌爲樂方。」〔二〕

得兼梁父吟

諸葛武侯《梁父吟》：「步出齊東門。」

縱有健婦把鉏犂

古樂府：「健婦持門户，勝一大丈夫。」

新鬼煩冤舊鬼哭

夏父弗忌曰：「吾見新鬼大，故鬼小。」

禾頭生耳黍穗黑

《齊民要術》：「秋雨甲子，禾頭生耳。」

春光淡沲秦東亭

富嘉謨《明冰》篇：「春冰淡沲度千門，明冰時出御至尊。」

始出枝撑幽

慈恩塔下數級皆枝撑洞黑，出上級乃明。

業白出石壁

《寶積經》：「若純黑業，得純黑報；純白業，得純白報。」

一箭正墜雙飛翼

「箭」一作「笑」，蓋用賈大夫射雉事。

已令請急會通籍

《晉令》：「急假者五日一急，一歲以六十日爲限。」書記所稱「急」、「取急」、「請急」，皆謂假也。車武子早急出詣子敬、盡急而還是也。

幾日休練卒

《新安吏》：時練卒收舊京〔三〕。

彭衙行

馮翊郃縣西北有彭衙城，秦、晉戰地。

張公一生江海客

張相鎬。

合昏尚知時

合昏，木名，朝舒夕斂。

山鬼獨一脚

山魈出江州，獨足鬼。

射人先射馬

欒伯左射馬而右射人，角不能進〔四〕。

是身如浮雲

《維摩經》云：「是身如浮雲，須臾變滅。」

向子識損益

向子平讀《易》，至《損》《益》，歎曰：「吾已知富不如貧，貴不如賤也。」

徒旅慘不悦

一本云：「徒懷松柏悦。」

熊羆咆我東，虎豹號我西。

《招隱》云：「熊羆咆兮虎豹號。」

歲拾橡栗隨狙公

後漢李栒居新安關下，拾橡栗以自資。

我生託子以爲命

《嵩高記》：「牛山多杏，自中國喪亂，百姓資此爲命。」

黄精無苗山雪盛

「精」一作「獨」。黄獨狀如芋子，肉白皮黄，苗蔓延生，葉似蘿摩，梁漢人蒸食之，江東謂之土芋。

石筍行

《華陽國志》：蜀王妃物故，哀念之，遣役五丁之武都擔土〔五〕，爲妃作冢，蓋地數畝，高九尺〔六〕。蓋石俗名爲石筍。

不唾青城地

古樂府：「去婦情更重，千里不唾井。」

爲君酤酒滿眼酤，與奴白飯馬青芻。

傅玄《盤中詩》：「羊肉千斤酒百斛，令君馬肥麥與粟。」

眼中之人吾老矣

魏文帝詩：「回頭四向望，眼中無故人。」陸雲詩：「感念桑梓城，髣髴眼中人。」

牽牛織女

《齊諧記》：桂陽成武丁有仙道，忽謂弟曰：「七月七日織女當渡河，吾向已被召。」弟曰：「何事織女渡河？」曰：「暫詣牽牛。」

牛馬毛寒縮如蝟

元封中雪，大寒，牛馬皆蹉縮如蝟。

書貴瘦硬方通神

二碑漢隷，極瘦硬。

仙李盤根大

唐太宗《探得李》詩云：「盤根植瀛渚，交榦倚天舒。」

風箏吹玉柱

柳惲《七夕》詩：「秋風吹玉柱。」

露井凍銀牀

銀床，古樂府《淮南王篇》。

五夜漏聲催曉箭

晝漏盡，夜漏起。省中黄門持五夜：甲夜、乙夜、丙夜、丁夜、戊夜。出《漢舊儀》。

封題鳥獸形

宋王微《伏苓贊》〔七〕：「中狀鶏鳧，具容龜蔡。」

初月

王原叔説此詩爲肅宗作。

舉家聞若駭

當作「咳」。禺屬惟猨猴喜怒飲食常作咳。

錦官城外柏森森

成都道西城，故錦官也，故命曰錦里城。

籠竹和煙露滴梢

籠音永夢。籠竹，蜀人名大竹云。

野艇恰受兩三人

改作「航」，殊無理，此特吴體，不必盡律。白公《同韓侍郎游鄭家池》詩云「野艇容三人」，正用此語。

湔口紅如練

蒲懵反。在彭州。

蠶崖雪似銀

蠶崖在茂州，帶雪山。

更歷少城闉

少城，今成都治所，張儀所築。

軍吏回官燭

巴祇爲揚州刺史，與客坐暗中，不然官燭。

盤渦鷺浴底心性

郭璞《江賦》：「盤渦谷轉。」

久游巴子國

《左氏》桓九年：巴子請與鄧爲好。巴，姬姓國，在巴郡江州縣。

南游北户開

林邑、日南諸國皆開北户向日。

相失萬重雲

梁簡文《朱櫻》詩：「花茂蝶争飛，枝濃鳥相失。」

鬬鷄

觀風樓南起鬬鷄殿。

胡雛負恩澤

王衍見石勒，曰：「胡雛有奇志，恐爲天下患。」

人間有賜金

《漢書·高后紀》：遺詔賜諸侯王各千金。

晝省香鑪違伏枕

尚書郎入直，女侍史執香鑪燒薰護衣服。《漢官儀》〔八〕。

織女機絲虚夜月

池中有戈船，各四百艘，四角各垂幡旄旌葆。又作二石，東西相對，以象牽牛、織女。

賜被隔南宫

給青縑白綾被或錦被。

草閣柴扉星散居

「寒園星散居」，庾信。

陶冶性靈存底物

顔之推論文章：「陶冶性靈，從容諷諫，亦樂事也。」

側生野岸及江蒲

「生」本是「𡈼」，人字也，誤轉爲生〔九〕。

竹葉於人既無分

張華《輕薄篇》曰〔一〇〕：「蒼梧竹葉清，宜成九醖酒。」

家家養烏鬼

峽中養雅雛，帶以銅錫環，獻之神祠中，人謂之烏鬼。〔一一〕

〔二〕傳：原作「傅」，今改正。

〔三〕按《文選》傅毅《舞賦》原文作「動朱脣，紆清揚。抗音高歌，爲樂之方。」

〔三〕按杜詩原作「練卒依舊京」。

〔四〕角：原作「無」，據《左傳·宣公十二年》改。

〔五〕五丁：原作「五千」，據《華陽國志》改。

〔六〕九尺：今本《華陽國志》作「七丈」。

〔七〕王徽：原作「玉徽」，據《初學記》卷二〇改。

〔八〕官：原作「宫」。據《漢官儀》改。

〔九〕原注：「考『厓』與『人』同，唐武后製。」

〔一〇〕輕薄：原作「經薄」，據四庫本改。

〔一一〕原注：「右得盧陵羅（珌）〔泌〕家藏真蹟。」

宋黄文節公全集·别集卷第五

表

1 代文潞公賀元會表

治曆明時，體元居正。分陰陽於太簇之律，會日月於析木之津。萬國皆春，六服承德。臣中謝。恭惟皇帝陛下緝熙皇極，建用人正。合天地於上元，垂衣裳於南面。首出庶物，茂稱神明之容；照臨百官，光昭禮樂之會。臣某欽承頒朔，叨預履端。方守鑰於留都，阻稱觴於禁殿。明明在上，遐傾就日之瞻；永永降年，仰極後天之祝。

2 代賀生皇子表

景命降休，皇支毓秀。福慶傳於中禁，歡聲溢於普天。臣中賀。恭惟皇帝陛下光宅海隅，丕承祖武。德親九族，孝達三神。后土顧懷，皇天眷佑。茂本支於百世，引壽考於萬年。臣違去清班，欽承吉語。賡歌瓜瓞，蚤知周室之隆；參祝禖祠，阻奉漢庭之詔。臣限司宫鑰，不獲抃舞丹墀。

3 代謝賜曆日表

治曆成書，步三辰於天載；班正有土，大一統於王朝。詔音丁寧，圖象昭晰。臣中謝。恭惟皇帝陛下至神不世，盛德無名。調玉燭以遂群生，運璿璣而成萬化。乃明告朔，咸俾在公。臣敢不奉之黄堂，興于嗣歲。赴吏功於刻漏，戒農事之鎡基。不解恭欽，以承時憲。

4 代韓康公大名謝表

遽傳綸命，下沛龍光。錫之中殿之清資，寄以北門之重鎮。便蕃寵數，踴躍衰悰。即以今月某日到任禮上訖。憑賴國靈，緝安藩服。布宣聖化，休息兵民。事溢願初，驚先寵至。臣中謝。伏念臣蚤緣儒術，亟踐本朝。論思稍邇於天光，丞弼遂參於人乏。昨蒙器使，外付戎服。智不逮謀，功難除過。循名責實，公議甚明。置散投閑，私分如此。事出已試，衆安可誣？陛下貸以惟新，仁深念舊。南陽在漢之故里，許田先人之弊廬。實爲作翰之邦，連荷長民之寄。尚憂曠敗，終累保全。豈圖誤采朝僉，再流睿渥。往典帝宫之門鑰，獲瞻魏國之觚稜。許還近班，不以故事。承三接之清燕，稱萬年之壽觴。恩榮不替於再三，補報未聞於萬一。惟知感涕，莫措靦顔。此蓋伏遇皇帝陛下至德并容，大明委照，眷圖勞效，蔽匿瑕疵。謂臣精神未至眊昏，筋力尚能勉强，故加鞭弭，付以封疆。誓將罄竭愚衷，周旋廟算。身雖在外，未如江海之遥；知無不爲，尚冀涓塵之益。可酬覆幬，敢愛糜捐。〔一〕

〔一〕原注：「右皆家傳。」

5 代吕大忠河北運判謝上表

刺舉一道，其心欲愛而公；轉輸百城，其材欲周而敏。堪寄此任，實難其人。祇賀詔條，誤承使乏。臣中謝。惟臣淺陋，見事闊疏。在公有夙夜之心，於朝無先後之友。獨持孤拙，仰累聰明。坐尚書之曹，未有以自效；掾將軍之府，幾類於取容。籍在蒐除，更蒙識拔。獲對天顔於咫尺，親承聖訓之丁寧。寄重丘山，常恐顛隮於下；恩深雨露，未知報稱謂何。惟是跨河東西，緜歲水旱。民轉移而失職，吏偷脱而行私。期會簿書，或文具而實不至；斂賒調發，或任重而誅不勝。有如民未便安，皆臣職當條按。然出門有萬里之勢〔一〕，采艾懷三歲之憂。人以爲不可盡言，臣何敢以是報國。此蓋伏遇皇帝陛下剛健中正，欽明文思。一日萬幾，六通四闢。論法於繩墨之外，得人於眉睫之間。畀付百官，中外無間。臣敢不職思其位，上分宵旰之憂；寸有所長，全效拙勤之報。〔二〕

〔一〕勢：《豫章先生遺文》卷四作「志」。

〔二〕原注：「右真蹟藏於晉陵尤氏。」

6 代叔父陝西都運謝上表

奉將使符，出斡關陝。進參祕殿之籍，增被兼金之章。併叨寵靈，惟懼隕越。中謝。伏念臣非有閥閲起於江湖，言無宫庭行闕防表。雖薦蒙於器使，曾未展於寸功。熙寧、元豐出入臺省，愞於進取，氣不激昂。衣繡衣，貶直指之威；冠豸冠，乏觸邪之用。二聖臨御，九德在官。尚容蕞爾之材，來與康哉之會。補宰司之掾，計謀莫助於和羹；記左史之言，文字不足以華國。果速官謗，上煩聖聰。會當右顧之憂，往計西師之餉。雖勤夙夜，如負丘山。此蓋伏遇皇帝陛下淵默雷聲，文昭武烈。親親而百蠻執贄，老老而萬物歸心。未能去兵，顧憐在邊之守；使之足食，簡在勸農之司。太皇太后陛下欽明文思，睿智神武。大公至正，以御九鼎；昭德塞違，以臨百官。守在四夷，師干不試；轉輸萬里，民隱是勤。

茲致斗筲，亦預鞭策。敢不精求邊瑣，底阜邦財。庶幾柔遠之功，少助在廷之算。

奏狀

7 辭免實録檢討狀

竊以先帝一朝大典，討論之職，必付其人。如臣淺漏，非所堪任。〔一〕

〔一〕原注：「以下元缺。」

8 辭免轉官狀

伏以先帝一朝大典，訖茲有成。宰司典領之功，近臣論譔之力。臣以曲學，濫與討論。以老母卧疾連年，告歸之日過半。常憂竊禄，不免罪誅。適及奏書，例霑爵賞。因人成事，義所未安。伏望聖慈，追寢誤恩。所有告命，未敢祗受。

9 乞回授恩命狀

昨以討論無功，不敢祗受恩命。準尚書省劄子「奉聖旨不許辭免」者，寵光下被，不敢終辭。竊有微誠，冒干國典。伏念臣母壽光縣太君李氏，今年七十二，垂老抱疾，幸見孝治之朝，霑及禄養。而臣誤蒙簡任，使收筆墨之勤，實出非常之會。不勝人子私情，願以特授朝奉郎回授老母一郡封。竊以在庭之臣，榮禄及親者蓋寡；成書之賞，後來用例者難攀。伏望聖慈，特賜開許。

10　乞奏補姪樸狀

修實録院檢討官、朝散郎、祕書省著作佐郎、充集賢校理黄某奏：臣見任職名，今遇明堂大禮，該得奏補子孫一名。臣早年未有子息，有兄之子樸，自襁褓過臣房下，抱攜教養，於今年二十二，學問稍已知方。後來臣有子相，生纔六歲。以臣於樸，私恩實均父子。輒重以老母，年今七十，鍾愛在樸，不勝白髮抱孫之情，扶杖假息，願及見樸之階仕籍也。輒以螻蟻之誠，上干天地父母〔一〕。欲望聖慈許以合得恩例，先與臣兄之子樸。使臣待罪官次，幸而免於曠敗，將來兩遇大禮合奏期親日，即以奏臣子某，於恩例詔條，別無微幸。伏望聖慈，特賜開允。

〔一〕「輒以」至「父母」：原無，據《豫章先生遺文》卷四補。

11 服闋辭免史院編修狀

去國三年，百憂所萃。志氣凋零，鬢髮半白。勉從典禮，既見素冠。支離羸病，不任趨赴闕庭；舊學遺忘，難以討論史事。陳力就列，豈容冒昧。墳土未乾，曷勝烏鳥之情；仰瞻上天，敢陳螻蟻之願。伏望聖慈，除臣管勾宫觀一次，許任便居住。一則藝植松檟，少報母慈；又得熙養歲年，稍堪王事。草芥在野，猶望哀憐。

12 第二辭免狀

竊以論茲大典，託名聖朝。承學之臣，皆所願得。如臣樸學，濫與選掄，雖殫智能，未報恩遇。昨以憂患失學，深懼瘝官，願假歲年，就閑養疾，猶貪廩禄，仰望哀憐。天聽崇高，未賜俞允。卧家違命，罪不容誅。伏念臣實以哀毁之餘，生意幾盡。先患目疾，幾至喪明，憂患以來，全廢文字。又得腳氣，不便鞍馬，往來田里，須杖自扶。未堪趨赴闕庭，靖共史職。伏望聖慈，察臣愚懇，非敢固自稽遲，以干典憲。特除臣句當宫觀一任，或沿流一合入差遣。

策

13 策問

先王制法，以待寇賊姦宄，有不赦之刑，而以養民爲本，兹用不犯於有司。刑錯者，帝王之極功也歟！漢興以來，孝文斷獄四百；貞觀之隆，大辟纔二十九。考其法度，未必皆合先王。而開元之間，風俗醇厚，興於廉恥，吏安其官，民樂其業。貞觀盛時，米斗四錢，民物蕃息，馬牛被野，行旅因糧。意必有以得民，乃能見功如此。恭惟本朝好生之德，休養萬物，景德、咸平，幾致刑錯。而比年以來，斷獄殊死，率歲不減始元、元康之世，何哉？意者以爲咎在法令煩多而不約，又數更改。聖上覽觀六經之治，哀元元之不逮，爰詔儒臣，典領删次，務以合古便今，可謂至德。而議者又以爲悉取而紛更之，民未受賜也。意刑錯之本，或不在兹？諸生其斟酌時議，考合先王之法度，今可行者，悉著於篇。

其二

《詩》以道志，《書》以道事，《禮》以道行，《樂》以道和，《易》以道陰陽，《春秋》以道名分，六學者，皆致治之成法也，不可以偏廢。《春秋》者，孔子之言見於行事者也，其指雖微，然而通儒博學如孟子、荀卿、董生、揚雄皆推原制作之意，不可謂無統也。紛紜者，特患諸家章句耳。國家悼微言之不講，始詔學官置博士員，令諸生得以家法試有司，天下靡然向風，其義甚厚。然董仲舒本《公羊》，賈誼學《左氏》，劉向好《穀梁》，皆以名世，非苟然而已。今三家並行，未知適從。或謂當有廢舉，以定諸儒之論。今欲考孟子以來論《春秋》合孔子者，以斷三家當否，諸生以爲何如？漢諸儒每以《春秋》議典禮，決疑獄。夫學古入官，豈可以不加意哉！

其三

長吏仁賢，則下有養老慈幼之俗；政平訟理，則民有樂事勸功之心。故漢宣帝曰：「與我共此者，其惟良二千石乎！」蓋以爲民者邦之基，吏者民之率，太守者吏民之本也。卹公如私，視民如子，布宣詔令，使百姓安其田里，興於仁義，誠非俗吏之所能也。間者朝廷虛席，思見兩漢之循吏，詔下省臺，興能察廉。於今期月，未聞列郡有字人之功，其故何哉？或以良吏久任，然後民服從其教化，而未有賜金增秩之法。或以爲中都官任太重，刺史郡守任太輕，是以雖吏有行能，輒以補外爲左遷，未嘗最其吏功，次補公卿之缺。諸君論此二道，所施行後先宜何如？凡可以致良吏之科，悉著於篇，此縣官所急欲聞也。〔一〕

〔一〕原注：「右皆家傳。」

宋黄文節公全集·别集卷第六

題跋

1 跋太宗皇帝賜王禹偁御書

臣嘗待罪太史氏，窺石室金匱之書，縱觀先朝制作，文章翰墨，與日月並明。如禹偁乃得身親見之，面折廷争，顯於雷霆之下，兹非其幸歟！元祐八年四月旦，洪州分寧縣雙井里草土臣黄某誌。

2 書聖庚家藏楚詞

章子厚嘗爲余言，楚詞蓋有所祖述。余初不謂然，子厚遂言曰：「《九歌》蓋取諸《國風》，《九章》蓋取諸二《雅》，《離騷經》蓋取諸《頌》。」余聞斯言也，歸而考之，信然。顧嘗歎息斯人妙解文章之味，此其於翰墨之林，千載人也。但頗以世故廢學耳，惜哉！

3 書韓文公岣嶁山詩後

「科斗拳身薤葉披」，當作「薤倒披」。按《山海經》説：岣嶁者，衡山之别名也。岣讀如苟，嶁讀如婁。今俗讀如痀僂，又讀如鉤樓，又讀如拘留，皆非是。道家説：岣嶁山周旋二千里，高四千丈。今山出地者蓋少，想以山顛名之。岣嶁者，山顛也。韓退之作此詩與《華山女》《桃源圖》，三篇同體，古詩未有此作。雖杜子美兼備衆體，亦無此作，可謂能詩人中千人之英也。頃因雲龍寺道人景齊請余大字書《岣嶁山》詩，齊公禪寂之餘，兼喜儒學，故并敘余所聞遺之。

4 書嵇叔夜詩與姪榎

叔夜此詩，豪壯清麗，無一點塵俗氣。凡學作詩者，不可不成誦在心，想見其人。雖沈於世故者，暫而攬其餘芳，便可撲去面上三斗俗塵矣，何況深其義味者乎！故書以付榎，可與諸郎皆誦取，時時諷詠，以洗心忘倦。余嘗爲諸子弟言：「士生於世，可以百爲，唯不可俗，俗便不可醫也。」或問不俗之狀，余曰：「難言也。視其平居無以異於俗人，臨大節而不可奪，此不俗人也。」士之處世，或出或處，或剛或柔，未易以一節盡其藴，然率以是觀之。

5 題牧護歌後

蘇溪作此歌，余嘗問深知教相俗諱人〔一〕，皆莫能説「牧護」之義。余昔在巴僰間六年〔二〕，問諸道人，亦莫能説。他日船宿雲安野次，會其人祭神罷而飲福，坐客更起舞而歌《木瓠》，其詞有云：「聽説商人木瓠，四海五湖曾去。」中有數十句，皆敘賈人之樂，末云：「一言爲報諸人，倒盡百瓶歸去。」繼有數人起舞，皆陳述己事，而始末略同。問其所以爲「木瓠」，蓋刳曲木狀如瓠，擊之以爲歌舞之節云。乃悟「牧護」蓋「木瓠」也，如石頭和尚因魏伯陽《參同契》也，其體制便皆似之。編《傳鐙録》時，文士多竄翰墨於其間，故其不知者輒改定，以就其所知耳，此最校書之病也。崇寧三年八月，宜州喧寂齋重書。

〔一〕諱人：原校：「一作諸人。」按《豫章先生遺文》卷一〇「諱」作「諦」字。

〔二〕昔：原作「首」，據《豫章先生遺文》改。

6 書范子政文集後

士之學，期於没而不朽。君子之道，百世以俟聖人。故壽夭之際，未嘗置言。鳧鶴之短長，物固不能齊也。雖然，有連城之璧，操之甚栗，中道而毁，豈能使人無慨於心哉！范正民子政，余不及友也，於余親友聞其人，又得其言，皆可傳後。問其所與游，則司馬温公愛之。問其爲吏，則年三十試吏單父，方使者剥膚椎髓取於民以自爲功，子政以歲饑，獨捨單父民賦十九。雖蚤世，可以不朽矣。或謂子政父祖皆名世，士自宜如此。應之曰：文王割烹，武王飪鼎，叔旦舉而薦之，管蔡不食，誰能强之？則子政之賢於人遠矣。元祐二年三月庚午，豫章黄某書。〔一〕

〔一〕原注：「右有范正國所刻石。」

7　跋李公擇書

公擇先生，疏通遠大君子也。往歲某嘗從學數年，雖以甥舅禮意見畜，出入閨闥無間，然自有物外相知之鑒。細觀其内行，冰清玉潔，視金珠如糞土，未始凝滯於一物。《詩》云：「豈弟君子，胡不萬年。」惜乎冢木拱矣。觀此遺墨，爲之霣涕。建中靖國元年八月乙卯某題。〔一〕

〔一〕原注：「右家藏真蹟。」

8 書博弈論後

涪翁放逐黔中，既無所用心，頗喜弈棋。紹聖四年八月丁未，偶開韋昭《博弈論》，讀之喟然，以爲真無益於事，誠陶桓公所謂牧豬奴戲耳，因自誓不復弈棋。自今日以來，不信斯言，有如黔江云。

9 書高彪作督軍御史箴後

晉城陳端夫由武成學入仕〔一〕，其意常欲一自洗於俎豆之間，雖在軍壘，未嘗輟詩書也。會新書復試换法，方領部曲警備江門，窮僻無他可樂，但得日力讀書，必將更文武任，赫赫於世，故書此箴以贈行。元符二年正月庚戌，山谷老農書。

〔一〕晉城：原作「晉成」，以意改。

10 書韓愈送孟郊序贈張大同

元符三年正月丁酉晦，甥雅州張大同治任將歸，來乞書。適余有心腹之疾，是日小間，試筆書此文。大同有意於古文，故以此遺之。時涪翁自黔南遷于棘道三年矣，寓舍在城南屠兒村側，蓬藋柱宇，齟齬同徑，然頗爲諸少年以文章翰墨見强，尚有中州時舉子習氣未除耳。至於風日晴暖，策杖扶蹇蹶，雍容林丘之下，清江白石之間，老子於諸公亦有一日之長。時涪翁之年五十六，病足不能拜，心腹中芥蔕如懷瓦石，未知後日復能作如此字否。

11　書丹青引後

僰道有袁藥院者，家藏書一軸，自珍之，不深别其玉石也，出以示余。余告之曰：「此祕閣棠木板刻法帖，李廷珪墨所作墨本也，寫書一卷易之可乎？」袁欣然見聽。會夏熱，余又多病，久之不能書。元符三年十二月癸卯，余將解舟發，僰道長年三老輩湯豬饋武侯廟〔一〕，久之不還，意其已縱横醉卧廟中矣。舟中無他事，遂書此卷遺袁。觀書者：史慶崇、楊中玉、何裕道、楊咸孺、孫仲安、廖宣叔、張大同、蔡次律、道人李潮音〔二〕。

〔一〕饋武侯廟：原作「餵武侯」，據《豫章先生遺文》卷九改。

〔二〕音：原脱，據《豫章先生遺文》補。

12　書姚誠老所書遺教經後

姚誠老書《佛垂般涅盤略説教戒經》，用筆有意態，惜乎不能耆老畢其能事也。世有貞觀中敕書《班行經生書》小楷一本〔二〕，最端謹媚麗，世因謂之王右軍書，蓋不知弘始四年譯出此經，右軍没已數十年矣〔三〕。又有參軍暢整書大字一本，筆法亦勁潤，宋宣獻書法度多出於此。誠老令桂之興安，秦少游播遷嶺海，誠老有先後奔走之義，可謂不以險易易其操，不愧此波羅提木叉者也。觀其遺書，三歎不能已。崇寧二年四月十四日，修水黄某書。

〔二〕行：原校：「一作竹。」《豫章先生遺文》卷九作「竹」。

〔三〕數十年：原作「數年」，據《豫章先生遺文》補。

13 書自作草後贈曾公卷

崇寧四年二月庚戌夜，嘗余重醞一杯，遂至沈醉。視架上有凡子乞書紙，因以作草。方眼花耳熱，既作草十數行，於是耳目聰明。細閱此書，端不可與凡子，因以遺南豐曾公卷。公卷胸中殊不凡，又喜學書故也。山谷老人年六十一，書成，頗自喜似楊少師書耳。

14 書自作草後

余寓居開元寺之怡偲堂，坐見江山，每於此中作草，似得江山之助。然顛長史、狂僧皆倚酒而通神入妙，余不飲酒，忽十五年，雖欲善其事，而器不利，行筆處時時蹇蹶，計遂不得復如醉時書也〔一〕。顧況《詠白髮出嫁宮人》云：「準擬人看似舊時。」山谷草書無乃似之。

〔一〕復：原作「伏」，據《豫章先生遺文》卷九改。

15 書郭佖杜詩傳後

彭水令田師敏下車未能一月，余觀其規摹，必將惠及鰥寡。因其乞書，書此二良吏傳贈之。今人常恨古人不可見，古人所行，皆不遠於人情，今人可及也，顧當少加意耳。苟能師用賢智，爲民興利除害，恭儉忠信，則細侯公君在吾眼中矣。此書不數年，已傳三主，而爲楊君照所有。楊君云，其伯氏欲取入石。恨此書未工耳。某題。

16 書贈聞善飲酒詩後

往時族中多醟於酒。二十年間，兩還故里，見族子弟皆恂恂退讓，醉而温恭，中竊自喜黃氏諸祖之遺慶深長，諸少年尚承其風澤，時有興發者耶！因子立乞書，書九詩，可與族中共觀，知酒之利病如此。

17 書司空圖書屏記

司空圖《書屏記》云：「先大夫徵拜侍御史，退居中條。時李忻州戎爲計吏，在蒲，因輟所寶徐公浩真蹟一屏以爲壽。」凡四十二幅，八體皆備，所題多《文選》五言詩。其「朔風動秋草，邊馬有歸心」十數字，或草或隸，尤爲精絶。或綴小簡於其下。記云「怒猊抉石，渴驥奔泉」，可以視《碧落》矣。

18 題所書李太白詩後

宗室行父莅官宜春，與余伯氏元明同郡〔一〕，故於余雖無一日之雅，寓書二千里外來問寒温，且乞余書。偶開李太白詩，因爲書此四篇，觀者當知此書作於瘴霧黄日、桄榔欓欖陰中。

〔一〕余：原作「徐」，據嘉靖本改。

19 書自作草後

予往在江南，絶不爲人作草。今來宜州，求者無不可。或問其故，告之曰：「往在黔安，園野人以病來告，皆與萬金良藥。有劉薦者諫曰：『良藥可惜，以啗庸人。』笑而應曰：『有不庸者，引一箇來。』聞者莫不絶倒。」

20　題徐浩題經

徐季海書，惟此一種有右軍父子筆法，而無俗氣。如《開河碑》超軼，《孝子碣》老重，然終非王家苗裔也。頃見蘇子瞻、錢穆父論書，不取張友正、米芾，余殊不謂然。及見郭忠恕敘《字源》後，乃知當代二公極爲別書者。〔一〕

〔一〕原注：「右皆家傳。」

21　題嵩嶽寺碑集王羲之書

胡英集王右軍書，如優孟抵掌作孫叔敖，書家尊而奉之，如楚王左右以爲令尹復生耳。

22　題蘇子瞻元祐題目帖

蘇公長年書，筆力豪壯，兼李邕、徐浩之所長，士大夫乃以爲不如少時書，此陽春白雪難爲和者耶！

23 題李西臺書

余嘗評西臺書，所謂「字中有筆」者也。字中有筆，如禪家句中有眼。他人聞之，瞠若也，惟蘇子瞻一聞便欣然耳。

24 題蔡君謨書

君謨書如蔡琰《胡笳十八拍》，雖清壯頓挫，時有閨房態處。

25 題司馬温公與元氏簡尺

温公人物，所謂圭璋特達者也。書所謂「元君公亮」，大夫公也，「二鳳毛」，聖庚、存道也。永思堂書。

26 題褚書閻立本畫地獄變相後

畫不必閻立本，要爲工。書不必褚遂良，要爲能。重言十七，故是行後之羽翼耶？

27 題范氏模蘭亭敘

右軍自言：見秦篆及漢石經正書，書乃大進。故知局促轅下者，不知輪扁斲輪有不傳之妙。王氏以來，惟顔魯公、楊少師得《蘭亭》用筆意。

28 題元聖庚富川詩

聖庚以王事行，忘鞍馬之勞，而以詩句賞江山，可謂能不息者也。

29 題范蜀公和聖庚詩

蜀公事昭陵、裕陵，有汲黯之風。觀其紙尾遺墨，使人敬畏之〔一〕。

〔一〕敬：原作「驚」，據《豫章先生遺文》卷一〇改。又原注：「右皆得於元氏。」

30 姪榎求字書紙尾

姪榎萬里來求書法，此不急之務也。會余臂痛，書不能工。遣萬里之使，而以不急之務來；返萬里之使，而以不工之書往，其病均耳。

31 跋楊妃病齒圖

禁架之術，自古誠有之。余觀玉環病良苦，豈非坐多食側生，遂動摇其左車乎！阿瞞在旁，憂戚之心形於顔面，亦小窘矣。嗚呼，移此心以及天下，爲如何耶！〔一〕

〔一〕原注：「右皆家傳。」

32 書臨寫蘭亭後

劉退夫作研屏，求乞小字，試爲臨寫《蘭亭》，真成醜女捧心，但使人捧腹耳。紹聖四年十一月乙卯，摩圍閣中書。〔一〕

〔一〕原注：「右係家藏真蹟。」

33 跋梁父吟

陳壽敘武侯躬耕隴畝，好爲《梁父吟》。語勢既不盡其意謂，又失載此詩。此蓋好簡之過。余觀武侯此詩，乃以曹公專國，殺楊修、孔融、荀彧耳。但云「好爲《梁父吟》」，不知壽意所指，豈既作此詩，時時爲客歌之，故云爾乎？〔一〕

〔一〕原注：「右真蹟今藏于晉陵尤氏。」

34 題李樂道篆韓文公五箴後

學者揭六藝以趨新，古學堙替，致歎無所。江夏李樂道獨精思於古文，類非希價於咸陽者也。〔一〕

〔一〕原注：「右有石刻。」

35 爲鄒松滋題子瞻畫

子瞻嘗爲趙景仁作竹篠怪石一紙，余贊之曰：「趙景仁，守宗祊〔一〕。游軒冕，有丘壑。彈鳴琴，無歸鶴。蘇仙翁，留醉墨。」

〔一〕「祊」字失韻，疑當作「祏」。

36 題化度寺碑

歐率更書，所謂直木曲鐵法也，如介胄有不可犯之色。然未能端冕而有德威也。

37 題陳遲雪扇

前身范寬，後身陳遲。荒林亂石，雪失東西。中有涪翁之隱處，世殊不能窺其藩籬。〔一〕

〔一〕原注：「右真蹟今藏九江王氏。」

38 跋東坡思舊賦

東坡先生書，浙東西士大夫無不規摹，頗有用意精到，得其髣髴。至於老重下筆，沈著痛快，似顔魯公、李北海處，遂無一筆可尋。丹陽高述、齊安潘岐，其人皆文藝，故其風聲氣格見於筆墨間〔一〕，造作語言，想像其人。時作東坡簡畢，或能亂真，遇至鑒則亦敗矣。不深知東坡筆法者〔二〕，用余言求之，思過半矣。東坡書，彭城以前猶可僞，至黄州後掣筆極有力，可望而知真贋也。建中靖國元年四月乙未，早發峽州，舟中書。〔三〕

〔一〕格：原作「俗」，據《豫章先生遺文》卷一一改。

〔二〕法者：原脱，據《豫章先生遺文》補。

〔三〕原注：「右皆家傳。」

39 跋秋風吹渭水詞

三十年前，有一人書此曲於州東茶園酒肆之柱間。或愛其文彩指趣，而不能歌也。中間樂工或按而歌之，輒以鄙語竄入，睟然有市井氣〔一〕，不類神仙中人語也。十年前，有醉道士歌此曲廣陵市上，童兒隨而和之，乃盡合其故時語。此道士去後，乃以物色逐之，知其爲吕洞賓也。〔二〕

〔一〕睟然：《豫章先生遺文》卷一一作「嚣然」。

〔二〕原注：「右載建本。」

40 題所和東坡與王慶源紅帶詩

後十二年，觀此詩於戎州城南僦舍，所謂「吾猶昔人非昔人」也。或題鬼門關柱云：「自此以往，更不理爲在生月日。」真不虚語。元祐三年黄魯直，元符二年涪翁題。〔一〕

〔一〕原注：「右有石刻。」

41 題畫菜

不可使士大夫不知此味，不可使天下之民有此色。

42 題楊道孚畫竹

有先竹於胸中，則本末暢茂；有成竹於胸中，則筆墨與物俱化。津人之未嘗見舟而便操之，惟其熟也，夫依約而覺。至於筆墨而與造化者同功，豈求之他哉！蓋庖丁之解牛，梓慶之削鐻，與清明在躬、志氣如神者同一樞紐，不容一物於其中，然後能妙。若夫外矜於衆人議己，内藏於識不似，則畫虎成狗，畫竹成柳，又何怪哉！觀此竹，又知其人有韻。問其主名，知其爲克一道孚，吾友張文潛之甥也，宜有外家風氣。吾道孚人物英秀，文章自不凡，使胸中有數千卷書，便當賞購千金，安用乞靈於文湖州哉！

43 題遠近圖後

此圖，燕貴之來昆雲仍也。窮山野水，亦是林下人窠窟。然烈風偃草木，客子當藏舟入浦溆中，强人力牽挽，欲何之耶？雙井永思堂書。

44 題北齊校書圖後

往時在都下，駙馬都尉王晉卿時時送書畫來作題品，輒貶剥，令一錢不直，晉卿以爲過。某曰：書畫以韻爲主，足下囊中物，無不以千金購取，所病者韻耳。收書畫者觀予此語，三十年後當少識書畫矣。元祐九年四月戊辰，永思堂書〔一〕。

〔一〕「元祐九年」以下原無，據《東坡題跋》卷五補。

45 跋李太白詩草

觀此詩草，決定可知是胸中瀟灑人也。涪翁書。

46 跋懷素千字文

予嘗見懷素師《自敘》草書數千字，用筆皆如以勁鐵畫剛木。此《千字》用筆不實，決非素所作，書尾題字亦非君謨書。然此書亦不可棄，亞栖所不及也。

47 跋蘭亭記

此本以定州《蘭亭》土中所得石摹入棠梨板者，字雖肥，骨肉相稱。觀其筆意，右軍清真風流，氣韻冠映一世，可想見也。今時論書者，憎肥而喜瘦，黨同而妒異。曾未夢見右軍腳汗氣，豈可言用筆法耶！元符三年四月甲辰，涪翁題。

48 跋唐玄宗鶺鴒頌

唐太宗妙於書，故高宗雖潦倒怕婦，筆法亦極清勁。玄宗書班班猶有父祖風，此如長沙王十世後，孫子猶似其祖耳。

49 跋東坡寫老杜岳麓道林詩

書真印僞〔一〕，不可解也。若有人捕得，可於子瞻處請數枝竹木充賞。

〔一〕僞：原作「偶」，據《豫章先生遺文》卷一一改。

50 跋唐彦猷書

唐彦猷、錢穆父皆學歐陽率更書〔一〕，得其髣髴者。

〔一〕書：原作「當」，據《豫章先生遺文》卷一一改。

51 跋東方朔畫贊

《東方生畫贊》用筆極痛快，時傳摹〔一〕，去真甚遠，猶可喜。

〔二〕時：《豫章先生遺文》卷一二作「計」。

52 跋蘇子美帖

蘇長史用筆沈實極不凡，然四十年來，絶難得知音也。

53 跋周子發帖

子發臨書殊勁，但并使古人病韻耳。

54 跋杜祁公帖

杜祁公七十老人，書自能如此，亦自難得。

55 跋張伯益帖

張伯益作篆字，殊有不凡處，作真行乃如此。李留臺書多得古人法，雖有筋骨而傷肉。至伯益學之，只成世間風肥人耳。

56 跋蔡君謨書

君謨《渴墨帖》，髣髴似晉、宋間人書。乃因倉卒，忘其善書名天下，故能工耳。

57 跋潞公帖

余嘗論潞公書極似蘇靈芝，公曰：「靈芝墨豬耳。」蓋不肯與靈芝争長。今觀《到洛爲兒子赴許昌帖》，筆勢清勁，真不愧古人。元祐二年正月八日，黄某。

58 書棕扇

余書十棕心扇，未敢謂毫髪無遺恨，不幾乎「波瀾獨老成」者耶？

59 跋七叔祖主簿與族伯侍御書〔一〕

此書乃七叔祖作南陽主簿時與族伯父晦甫侍御敘宗盟書也。叔祖夢升是時年四十，文章妙一世，歐陽永叔愛嘆其才，稱之不容口，不幸明年遂捐館舍於南陽耳〔二〕。晦甫雅意本朝，以孤遠論國家大計，知無不言，應詔而西，不幸以疾殁於三衢。二先生皆吾宗之豪傑也，其大過人者不得少見于世。于今兩宗人物眇然，堪爲流涕。建中靖國元年三月丙子，諸孫朝奉郎、新知太平州黄某敬跋。〔三〕

〔一〕此跋正文之前原録有黄注與黄照書全文，今删。
〔二〕明年：原作「明月」，據嘉靖本改。
〔三〕原注：「右得於侍御之孫楙。」

60 跋歐陽文忠公撰七叔祖主簿墓誌後

叔祖夢升，學問文章，五兵從横，制作之意，似徐陵、庾信，使同時遇合，未知孰先孰後也，然不幸得人間四十年爾。使之白髮角逐於英俊之場，又未知與歐陽文忠公孰先孰後也。夢升既乖牾不逢，嘗以文哭世父長善云：「高明之家，尚爲鬼瞰。子之文章，豈無物憾？」蓋自道也。安世十三弟，秀而不實，使人氣塞。於今孫曾特多英妙之質，力學不休，安知來者之不如今也？紹聖元年五月，諸孫某記。〔一〕

〔一〕原注：「右家藏真蹟。」

61 題東坡像

元祐之初，吾見東坡於銀臺之東，其貌不爾。紹聖之元，吾見東坡於彭蠡之上，其貌不爾。紹聖之末，有僧法舟見東坡於惠州之市，其貌不爾。而彭山石瑜作東坡之像焉。廖宣敘，東坡年家子也，而謂之然，余安敢獨謂之不然？〔一〕

〔一〕原注：「右有石刻。」

62 書姚君玉誠軒記後

元祐初，僰道廖成叟病幾不濟，夢或告之曰：「醫王子且來起汝。」覺而姚君玉在門，遂用姚君之方，得無恙。後三年，涪翁訊其夢，曰：「岐伯、雷公、秦越人、淳于意，皆世之醫王也。今神目姚君，以爲醫王子，蓋言其方有所師承云。」聞姚氏父子經方，授之於成都藍璹，謂老藍者也。夫醫能使人愛信，其人決非偶然。王定國以罪竄後數月，君玉礱石刻此記，其人蓋可與同憂患、更盛衰者。元符八月己卯，涪翁書。

63 書贈日者柳彦輔

柳彦輔是耆卿之孫，決王公貴人生死禍福。嘗面道鄆州劉相國蘄春之禍未已，必且播遷嶺表。已而皆然。爲余言二三貴人事，在一歲間，亦難言哉！又許余官職云云，大體見於六十二。故書遺之，丙戌年當一笑也。崇寧元年閏六月甲戌，修水黄某書。

64　書贈花光仁老

比過鶩山，會芝公書記還自嶺表，出師所畫梅花一枝，想見高韻〔一〕。乃知大般若手，能以世間種種之物而作佛事，度諸有情。於此薦得，則一枝一葉，一點一畫，皆是老和尚鼻孔也。

〔一〕韻：原作「嶺」，據《豫章先生遺文》卷一〇改。

65　又

余方此憂患，無以自娱，願師爲我作兩枝見寄，令我時得展玩，洗去煩惱，幸甚。此月末間得之，佳也。某有《梅花》一詩，東坡居士爲和，王荆公書之於扇，卻待手寫一本奉酬也。

66　九月九日書贈初和甫

往時曹子亘贈鍾元常書云：「歲往月來，忽復九月九日。九爲陽數，而日月並應，俗嘉其名，故以饗燕高會。是月也，律中無射，言草木彫落，無有射餘。于時黄花紛然獨秀，非夫含乾坤之中和、體芬芳之淑氣，安能致此？故屈平悲冉冉之將老，思餐秋菊之落英。輔體延年，莫斯爲貴。謹奉一束〔一〕，以助彭祖〔二〕。」高人初和甫節行甚美，其厭世俗，如驚弦之雁、見機之鷗，余故樂以古人之風贈之。如子亘、元常所以立名於世，吾極不解，獨喜其知九日黄花可貴耳。〔三〕

〔一〕束：原作「東」，據《豫章先生遺文》卷一〇、《藝文類聚》卷四改。

〔二〕「彭祖」下，《藝文類聚》有「之術」二字。

〔三〕原注：「先生書此贈初和甫，當時無詩。今集中有《和初公盧泉》三章，敘説官河外相與友善之意甚詳。」

67 題李太白白頭吟後

此篇皆太白作，而不同如此，編詩者不能決也。予以爲二篇皆太白作無疑，蓋醉時落筆成篇，人輒持去，他日士大夫求其稿，不能盡憶前篇，則又隨手書成後篇耳。杜子美「巢父掉頭不肯住」一篇内數句參錯不齊，亦此類，蓋可俱列，不當去取也。高德修好文而多能，故書遺之。甲申十月癸丑，龍水市居喧寂齋書。〔一〕

〔一〕原注：「右真蹟藏晉陵尤氏。」

68 書陰真君詩後〔一〕

忠州丰都山仙都觀朝金殿西壁〔二〕，有天成四年人書陰真君詩三章。余同年許少張以爲真漢人文章也。以余考之，信然。因試生筆〔三〕，偶得佳紙，爲鈔此詩，以與王瀘州補之之季子。觀陰君所學，守屍法耳，猶須擇師勤苦如是，乃能得之。何況千載之後，尚友古人，求知道德之主宰者乎！紹聖四年四月丙午，黔中禪月樓中書。

〔一〕君：原脱，據《豫章先生遺文》卷九補。

〔二〕丰：原作「半」，據《鐵網珊瑚》卷四、《珊瑚網・書録》卷五改。

〔三〕生：原無，據《豫章先生遺文》補。

69 題蘇子由黄樓賦草

銘欲頓挫崛奇，賦欲宏麗。故子瞻作諸物銘，光怪百出。子由作賦，紆徐而盡變。二公已老，而秦少游、張文潛、晁无咎、陳無已方駕於翰墨之場，亦望而可畏者也。

宋黄文節公全集·别集卷第七

題跋

1 刻先大夫詩跋

先大夫平生刻意於詩，語法類皆如此，然世無知音。小子不肖，晚而學詩，懼微言之幾絶，故刻諸星子灣，以俟來哲。某記。〔一〕

〔一〕原注：「右有石刻。」

2 書送李愿歸盤谷序遺吴周才

眉山吴周才季成，智術能籠群狙，以朝三暮四用人，人莫能得其要領，其居輒能長雄其等夷。初欲以鐵冶致萬金，乃去而以詩書發身。既而冶功且敗且成。如是二十餘年，照鏡見白髮，則自歎曰：「吾其訖於此乎！」因刻意教其子，不愛金錢，聚書聘士。與其子居，築金箱浩之盤中，爲屋百楹，將老焉。犍爲之俗，謂江之瀼水爲浩，季成之所卜築在山阿，江船之上下金箱者，見其桓表〔一〕，不見其屋鱗鱗也。因書《盤谷》之歌遺之。季成之老於金箱，其子力以詩書顯乎，皆觀是篇，可以得意。山谷老人書。〔二〕

〔一〕桓表：原作「柏表」，據《豫章先生遺文》卷一〇改。

〔二〕原注：「右有石刻。」

3 跋韓退之送窮文

《送窮文》蓋出於揚子雲《逐貧賦》，制度始終極相似。而《逐貧賦》文類俳，至退之亦諧戲，而語稍莊，文采過《逐貧》矣。大概擬前人文章，如子雲《解嘲》擬宋玉《答客難》，退之《進學解》擬子雲《解嘲》，柳子厚《晉問》擬枚乘《七發》，皆文章之美也。至於追逐前人，不能出其範圍，雖班孟堅之《賓戲》，崔伯庭之《達旨》〔一〕，蔡伯喈之《釋誨》，僅可觀焉，況下者乎！

〔一〕按《達旨》乃東漢崔駰所作，駰字亭伯，見《後漢書·崔駰列傳》，疑此處「伯庭」乃「亭伯」之誤。

4 題東坡大字

東坡嘗自評作大字不若小字，以余觀之，誠然。然大字多得顔魯公《東方先生畫贊》筆意，雖時有遺筆不工處，要是無秋毫流俗。元符三年十二月甲辰夕，天不雪而大寒〔一〕，呼酒解指拳，乃能書此。山谷老人題。

〔一〕不：原作「下」，據《豫章先生遺文》卷一〇改。

5 題唐本蘭亭

紹聖元年六月乙未，上藍院南軒，同程正輔觀唐本《蘭亭》，雖大姿媚，不及定州石刻清勁，然亦自有勝處。《洛神賦》余嘗疑非王令遺墨，豈古本既零落，後人附託之耶？周越少收斂筆勢，亦可及此。

6 題魏鄭公砥柱銘後

余平生喜觀《貞觀政要》，見魏鄭公之事太宗，有愛君之仁，有責難之義，其智足以經世，其德足以服物，平生欣慕焉。故觀《砥柱銘》，時爲好學者書之，忘其文之工拙，所謂

「我但見其嫵媚」者也。吾友楊明叔知經術，能詩，喜屬文。爲吏幹公家如己事，持身潔清，不以夏畦之面事上官，不以得上官之面陵其下，可告以魏鄭公之事業者也，故書此銘遺之。置《砥柱》於座旁，亦自有味。劉禹錫云：「世道劇頹波，我心如砥柱。」夫隨波上下，若水中之凫，既不可以爲人師表，又不可以爲人臣作則〔一〕，《砥柱》之文在旁，并得兩師焉。雖然，持砥柱之節以事人，上官之所不悦，下官之所不附，明叔亦安能病此而改其節哉！建中靖國元年正月庚寅，繫船王市，山谷老人燭下書，瀘州史子山請鑱諸石。〔二〕

〔一〕作：原作「佐」，據《豫章先生遺文》卷一〇改。

〔二〕原注：「右有石刻。」

7　書樂天忠州詩遺王聖徒

營丘王聖徒守忠州，其治民事如庖丁之解牛，其擿吏姦如痀僂之承蜩。故不幾時，郡中無一事，頗以樽俎，求樂天平生行樂處，集歌舞醉其僚。予故書樂天忠州得意詩遺之，使知予欲粲然一笑於其間而不得也〔一〕。紹聖三年十二月初七日，涪翁書。

〔一〕一笑：原脱，據《豫章先生遺文》卷一〇補。

8 題東坡水石

東坡墨戲，水活石潤，與今草書三昧，所謂閉户造車，出門合轍。

9 題作菴

木龍者，數百年世黄葛，冠巖穿穴〔一〕，矯虔詰屈，久伏而發，若有神物。巖東北有茘枝，初亦不實。宗德既作菴，鬱鬱若受湔袚。元符之元冬十一日。

〔一〕穿穴：原作「穴穿」，據《豫章先生遺文》卷一〇乙正。

10 題太學試院

元祐三年正月乙丑，鎖太學試禮部進士四千七百三十二人。三月戊申，奏號進士五百人，宗室二人。子瞻、莘老、經父知舉，熙叔、元輿、彦衡、魯直、子明參詳，君貺、希古、履中、器之、成季〔一〕、明略、无咎、堯文、正臣〔二〕、元忠、遐叔、子發、君成〔三〕、天啓、志完點檢試卷。是日，侍御史日晏不來，爲子發書。

〔一〕成季：原作「成李」，據《續資治通鑑長編》卷四〇八改。

〔二〕正臣：原無，據《續資治通鑑長編》補。
〔三〕君成：原作「君時」，據《續資治通鑑長編》改。

11　題固陵寺壁〔一〕

天水張茂先世家南昌，黄某魯直、弟叔向嗣直建中靖國元年三月丁卯同來〔二〕。時左緜道人思順開法席於此山，道俗歸心，荆棘草萊，化爲金碧。時新雨晚晴，同登鐘閣〔三〕，觀白鹽之崇崛〔四〕，想少陵之風流，歎大雅之不作，徘徊久之。魯直書〔五〕。

〔一〕《全蜀藝文志》卷六四題作《卧龍行記》。在夔州。
〔二〕元年三月丁卯：原作「三年丁卯」，據《全蜀藝文志》改。
〔三〕鐘閣：《全蜀藝文志》作「中閣」。
〔四〕崛：原作「崌」，據《全蜀藝文志》改。
〔五〕魯直書：原無，據《全蜀藝文志》補。

12　題胡氏所憩亭壁

山谷老人稅駕而飯，嘉作亭之意，爲書此榜。崇寧之元五月之吉實乙卯，黄某云。

13 題西林寺壁〔一〕

黄某、弟叔豹、姪柄、子相及朱章、劉羲仲、李彭同來，瞻永禪師塑像〔二〕，觀碑陰顔魯公題字，愛碧甃流泉，淩厲暑氣，徘徊不能去。崇寧元年五月癸亥。

〔一〕《豫章先生遺文》卷一〇題作《題廬山西林寺壁》。

〔二〕塑：原作「素」，據《山谷年譜》卷二九改。

14 題太平觀壁

黄某自江西來，會王宰、朱章、道士湯居善、周處己於此堂。觀四山急雨，草木皆成聲。崇寧元年五月甲子，曉發東林。〔一〕

〔一〕原注：「右有石刻。」

15 書自草李潮八分歌後

元符三年七月二十三日〔一〕，余將至青衣。吾宗子舟求予作草。撥忙作此，殊不工。古人云「匆匆不暇草」，端不虚語。時涪翁年五十六矣。〔二〕

〔二〕符：原作「府」，據嘉靖本改。
〔三〕原注：「右有真蹟。」

16 跋章草千字文

集書家定爲漢章帝書，繆矣。「章草」，言可以通章奏耳。《千字》乃周興嗣取右軍帖中所有字作韻語，章帝時那得有之？疑只是蕭子雲書之最得意者。

17 跋歐陽率更書

歐陽率更《鄱陽帖》，用筆妙於起倒。林夫臨摹，殊不失真，亦翰墨中異人也。繫舟礬口，蕭散於寒溪西山之上，攜此書往來研味，髣髴見古人。同觀者潘邠老、董仲達〔一〕、李文舉、陳元矩、何斯舉。

〔一〕董：原脱，據《豫章先生遺文》卷一〇補。

18 跋繆篆後〔一〕

繆篆讀如「綢繆束薪」之繆，漢以來符璽印章書也。李元輔不甚知名，蓋翰林書藝之流。今日藏之，亦足以廣聞見，備討尋，不可廢也。

〔一〕自注：「同光二年李元輔書。」

19 跋劉敞侍讀帖

劉侍讀君敞，文忠公門人也，而此帖云：「文忠公文字畔經術，背聖人意。」流俗亦多信然。曾不知文忠公著文立論及平生所施設，無一不與經術合也。至近世俗子亦多謗東坡師縱横説，而不考其行事果與縱横合耶？其亦異也！蓋數十年前已有如此等語，今人又百倍於劉，此予不得不辨也。

20 鍾離跋尾

少時喜作草書，初不師承古人，但管中窺豹，稍稍推類爲之。方事急時，便以意成，久之或不自識也。比來更自知所作韻俗，下筆不瀏離，如禪家「黏皮帶骨」語，因此不復作。時有委縑素者，頗爲作正書。正書雖不工，差循理爾。今觀鍾離壽州小字《千字》，嫵媚而有精神，熟視皆有繩墨，因知萬事皆當師古。往時翰林侍書王著補永禪師《千字》，筆圓意足，至書家尊之，此書正當雁行。然公序小楷尤妙，更於行間置小楷，使文質彬彬，當更勝爾。元祐三年八月甲申，門下後省書。南昌黄某。

21 跋此君軒詩

予既追韻作此詩寄周彦，周彦鈔本送元師，元師更欲得予手寫，因爲作草書。近時士大夫罕得古法，但弄筆左右纏遶，遂號爲草書耳，不知與科斗、篆、隸同法同意。數百年來，惟張長史、永州狂僧懷素及余三人悟此法耳。蘇才翁有悟處，而不能盡其宗趣，其餘碌碌耳。江安城北灘上作小茅亭，尉李相如爲余開兩窗，極明焕，故作戲弄，筆墨可意。

22 又

元符二年冬，元來訪予於僰道〔一〕，約來春三月予必東歸，歸當復來别我。既而其年果來相見，但乞《此君軒》詩而已。咄嗟而成，文不加點。〔二〕

〔一〕元：原脱，據《豫章先生遺文》卷一一補。
〔二〕原注：「詩見第一卷。」

23 題歐率更書

歐率更書，温良之氣襲人，然即之則可畏，頗似吾家叔度之爲人。比來士大夫學此

書，好作芒角鎌利，政類阿巢爾。山谷云。〔一〕

〔一〕原注：「右有石刻。」

24 跋江文通擬陶淵明詩後〔一〕

此江文通擬淵明詩，文通自有序述。又梁昭明太子列於《文選》，可斷不疑也。而遂編入淵明集中，又注云「或謂非淵明所作」，是猶云「或謂日生於東而没於西，未敢斷以爲必然也。」

〔一〕題後跋文前原録有江文通詩一首，見《江文通集》，今删。

25 跋所寫近詩與徐師川

徐師川奉議少成蚤立。余聞師川同學諸生言，師川胸中磊磊，殊不類童子。每念德占心醉六經，知其要處，龜玉毁於櫝中，未嘗不隕涕也。今師川尚能似其先人，以澡雪天下横議德占者。因師川來乞書，故及此。冀師川當加意於大者遠者，儒者所以爲緣飾，不必盡心焉。

26 書食時五觀後

涪翁曰：禮所以教飲食之序，教之末也，所謂「曲禮」也。今此「五觀」，教之本也。士大夫能刳心學之，遯世無悶之道也。今士大夫爲一飲一食之故，至於忿怒叱咤，鞭笞左右，然後快於其心者，聞「食無求飽」之言，亦可少愧矣。夫子「發憤忘食，樂以忘憂」，「在齊聞韶，三月不知肉味」，盛德至善，一至於此！夫子亦人也，我亦人也，而絶意聖哲之功，自甘爲流俗而不悔，豈不哀哉！

27 題黄龍清禪師晦堂贊

三問逆推，超玄機於鷲嶺；一拳垂示，露赤體於龍峰。聞時富貴，見後貧窮。年老浩歌歸去樂，從他人唤住山翁。

元祐八年十二月，通城陳修己爲智嵩上座寫晦堂老師影，絶妙諸本。予欲彫琢數句，莊嚴太空，適見西堂清公所作，全提全示，無有少賸。順贊一句，屋下蓋屋；逆贊一句，樓上安樓。不如借水獻花，與一切人供養。黄某題。

28 與楊景山書古樂府因跋其後

元符三年庚辰九月壬午，青神縣尉廳東之退密堂，夜漏下三刻所，偶案上有墨瀋一升許，几傍或置此卷，云是邑中老儒楊景山乞書，因取嚴永舊無心棗核筆，宛轉可人意，遂書欲盡。予聞景山之子逵才武自將，今爲涇原部將，故書此猛士冒鋒鏑報國之詩遺之，可令人日誦於軍中以飲酒。山谷老人題。

29 跋東坡書寒食詩

東坡此書似李太白，猶恐太白有未到處。此書兼顔魯公、楊少師、李西臺筆意，誠使東坡復爲之，未必及此。他日東坡或見此書，應笑我於無佛處稱尊也。

30 跋東坡嘲巢三

東坡此詩蓋嘲蒲傳正。傳正請於先帝，欲寄金賙之。先帝笑曰：「鄉黨親舊，同朝僚友，以有餘助不足，縣官當怒之耶？」

31 跋張長史書

此亦奇書，但不知所作，以爲長史則非也。予嘗於楊次公家見長史行草三帖，與王子敬不甚相遠。蓋其姿性顛逸，故謂之張顛。然其書極端正，字字入古法。人聞張顛之名，不知是何種語，故每見猖獗之書，輒歸之長史耳。

32 書座右銘遺嚴君可跋其後

眉山嚴君可，國士也，不憚數舍之遠，訪予於敘南僦舍。予得之，如獲重寶，相與終日抵掌談笑，至於論列古今是非成敗，愈久不厭。一日告余以歸，頗不忍捨其去，故手書座右一銘以贈之，俾歸以遺其子椿。椿雖少，聞骨格不凡也。元符三年九月己卯，某書。

33 書陰德字遺陳氏

陳氏醫三世，名兩蜀，不牽貧賤富貴，凡召即往。于公爲獄吏，以其活人多，故高其門，況醫人之司命乎！故書「陰德」二字以遺之。元符元年三月。

34　跋登江州百花亭懷荆楚詩

百花亭，梁大同三年刺史邵陵王綸所作。此詩出《英華集》，皆佳句也。崇寧元年八月壬戌，來集斯亭，其甲子又來。四顧徘徊，悵詩人之不可見，因大書此三詩，遺寺僧宗素，俾刻之堅石，後來者得觀覽焉。修水黄某。〔一〕

〔一〕原注：「右有石刻。」

35　跋張持義所藏吴彩鸞唐韻

右僊人吴彩鸞書孫愐《唐韻》，凡三十七葉，此唐人所謂葉子者也。按彩鸞隱居在鍾陵西山下，所書《唐韻》，民間多有，余所見凡六本。此一本二十九葉，彩鸞書，其八葉，後人所補，氣韻肥濁，不相入也。

36　題林和靖書

林處士書清氣照人，其端勁有骨，亦似斯人涉世也耶！

37 跋東坡與王元直夜坐帖

王元直游東坡雲霧中，風氣殊勝。由此觀之，豈可不擇交游親戚耶！

38 跋東坡海市詩

東坡乞得海市，不時見光景，神物亦能愛魁磊之士乎！

39 題東坡竹石

石潤竹勁，佳筆也，恨不得李伯時發揮耳。

40 跋老蘇先生所作王道矩字説

此蘇明允弄筆所成，猶有文章關鍵，所以子瞻之文震動一世，豈非所謂「積水成淵，蛟龍生焉」者乎！

41 書柏學士山居詩題其後

史紹封之子會與予外甥張協於蘇氏爲友婿〔一〕。予來青衣謁家姑，因識紹封。紹封來乞書，曰：「使會他日以爲相見之資。」今日魯直即他日魯直，又安用書爲質耶！

〔一〕予：原無，據《豫章先生遺文》卷一一補。

42 跋東坡鐵柱杖詩

《鐵柱杖》詩雄奇，使李太白復生，所作不過如此。平時士大夫作詩送物，詩常不及物。此詩及鐵柱杖均爲瑰瑋驚人也。

43 跋東坡蔡州道中和子由雪詩

此字和而勁，似晉、宋間人書。中有草書數字，極佳，每能如此，便勝文與可十倍，蓋都無俗氣耳。

44 戲草秦少游好事近因跋之

三十年作草，今日乃似造微入妙，恨文與可不在世耳。此書當與與可老竹枯木並行也。

45 跋所書戲答陳元輿詩

紹聖三年九月壬寅，林表亭與東萊吕東玉對棋罷，眉山楊明叔作墨瀋，請作大字，試舒城張真筆，燒燭寸餘。摩圍閣老人書。

46 跋郭熙畫山水

郭熙元豐末爲顯聖寺悟道者作十二幅大屏，高二丈餘，山重水複，不以雲物映帶，筆意不乏。余嘗招子瞻兄弟共觀之，子由歎息終日，以爲郭熙因爲蘇才翁家摹六幅李成驟雨，從此筆墨大進。觀此圖，乃是老年所作，可貴也。元符三年九月丁亥，觀於青神蘇漢侯所。山谷題〔一〕。

〔一〕山谷題：原無，據《式古堂書畫彙考》卷四一補。

47 跋牛頭心銘

成都范子功家忠報禪院僧慈元，以鹽亭四尺繒八幅來乞予自書所作文，蓋范氏之志也。予聞范氏其耆艾有德，其幼壯好文。今得予應試之文章，但爲戲玩，無益於事，乃大書《牛頭心銘》與之。范氏不學則已，學則必以治心養性爲本。斯文之作，妙盡心性之藴，只使朝夕薰之，自成道種。亦使覺苑浄坊諸禪子等讀之，句句稍歸自己，乃知牛頭快説禪病，免向野狐頷下枉過一生。

48 書劉禹錫浪淘沙竹枝歌楊柳枝詞各九首因跋其後

累日倦舍中賓客，既解舟，意猶煩倦，欲眠則晝熱不可伏枕，試令作墨瀋，遂爲峨眉史慶崇草此樂府二十七章。盛暑又臂痛，書罷，汗透絺綌，風冰臂指，老態百出，恐自此漸不能書矣。元符二年四月甲戌，戎州城南僦舍任運堂中書。

49 題宗成樹石

長林巨石，風飄水激。張之牆壁，助我岑寂。

50 題玉清昭應宫圖

玉清昭應宫成，以圖畫潤色牆壁。當時大儒博極群書者，討論軒轅以來出於趙氏而飛升度世者，作此圖，又集天下名手爲之。宫成未幾，火事一空。比試考元豐間景靈虚名，既廣崇奉之制，乃求之畫院，盡用玉清之繪事名手。若得密疏故事，亦以廣異聞，今但能事未畢也。

51 書遺道臻墨竹後與斌老

元符三年三月，戎州無等院涪翁借地所築槁木菴中書。此篇之成〔一〕，罕書與人。吾宗斌老授竹法於文與可，故書此以助經營之萬一。

〔一〕之成：原作「爲戒」，據《豫章先生遺文》卷一一改。

52 書和晁无咎詩後與斌老

元符三年十二月，予將發戎州，於百忙中爲斌老書此卷。建中靖國元年正月，斌老遺小使持此來追予於江安縣，曰：「卷尾餘繒，願記歲時。」其丙寅，江瀕風静，天日明朗，故爲書數行。斌老爲予以兩幅寫東園病竹，筆意放縱，實天下之奇作，文湖州若在，當絶倒矣。山谷老人書。〔一〕

〔一〕原注：「右皆家傳。」

53 生臺銘跋

司馬氏三子，竦爲酒爲市〔一〕，且就學於京師；泰家居奉甘旨〔二〕，雖事業不同，同於竭力以事其親。其親白氏樂用其財作佛事，以壽其子孫。初欲作寢菴於無等院之壖地，有道人在純以告白夫人，白欣然飭財賦功，歲中以成。其賢於閉關謝客，客十至而九不見，豐其屋以爲無賴子孫三年之費者遠矣。

〔一〕竦：原作「疏」，據嘉靖本改。

〔二〕泰：原作「秦」，據嘉靖本改。

54 題也足軒〔一〕

簡州景德寺覺範道人，種竹於所居之東軒，使君楊夢貺題其軒曰「也足」，取古人所謂「但有歲寒心，兩三竿也足」者也，仍爲之賦詩。予輒次韻。〔二〕

〔一〕題下原注：「詩載《豫章文集》六卷，作《筇竹》詩。」按此文實爲山谷《題也足軒》詩之序，見本書《正集》卷五。

〔二〕原注：「右已載蜀本。」

55 題三游洞

鍾陵黄魯直、弟嗣直，同道人唐坦之游三游洞，與子相、姪檄俱〔一〕。建中靖國元年二月庚寅，往來皆休此寺。正午烈日，遣騎汲澗泉以解暍。〔二〕

〔一〕檄：原作「徼」，據《豫章先生遺文》卷一二改。

〔二〕原注：「右皆石刻。」

56 評釋長沙法帖

梁武帝書脚氣帖

「數朝腳氣」，「腳」字微摹，轉失一筆。

唐太宗書臨朝帖

「昨夜」以下，應是别日敕。

廢游甘泉帖

只理會遼東一役。

唐高宗書審行宏福帖

此帖妙絶，恐非怕婦漢所能。

漢張芝書望遠懸想帖

「望遠懸想，何日不懃。捐棄漂没，不當行李。又去春送喪到美陽，須待伴比，故遂簡絶。有緣復相聞，餐食自愛。」

後漢崔子玉書

伯英云：「吾上方崔、杜不足，下比羅、趙有餘。」則序崔當在張前。

魏鍾繇書

杜度、張昶遺墨遂不復見，可歎也！

吴青州刺史皇象書即戎帖

「如鷃」，「鷃」字絶妙。

頑闇空薄帖

「頑闇空薄，加以年老，凡百朽穢，無所中宜，特蒙哀待，殊異之遇。」

險哀

「險哀」句中「險」字乃摹損。

晉丞相王導書致身帖

「省示，具卿辛酸之意。吾甚憂勞，此事亦不蹔忘。然書足下所欲致身處，尚在殿中。王制正自欲不得許卿，當如何？導白。」

改朔帖

「導白：改朔，情增傷感。濕惡，自何如？頗小覺損不？」帖有「應不懸耿，情增傷感，濕惡」。「傷感」、「濕惡」字皆佳。

王羲之書秋月帖

「而觸暑遠涉」，「而」失一點。

初月二日以下四帖

此數帖語不類晉人，自「初月」以下十一行，皆非右軍手墨。此或是集書時貴人戲作，行布其間，以待後之別者耳。

大熱帖

「晴便大熱，小船中至不易，可得過夏？」

昨見君歡帖

疾患小差，與宏遠俱臨遲共寫懷。

謹此代申帖

此以下八行，是智永書之不臧者。

題右軍十七帖後

「十七帖」者，必多臨本。永禪師及虞世南、褚廷誨臨寫，皆不甚遠。故世有數本，皆不同。此帖全是廷誨筆意，如揚雄《蜀都》以下，似拙工寫真，但神癡耳。

採藥帖

「九日當採藥，至日欲共行也」，失一筆。

題右軍帖後

右軍與周益州書，凡三十許帖，銓次者誤置兩卷中耳。按周撫字道和。穆帝永和三年，桓温攻成都，李勢降，以撫爲益州刺史。彭模擊范賁，獲之，益州平，封建城公。在官十年，卒，蜀人廟祠之。

晉丞相王敦書

晉賊王敦。

晉司徒王珉書此月亟盡帖

「此月亟盡，二十四日是王濟祖日，欲必赴，卿可尅過，明吾當下解相待。臨出遣報，既至王家畢。卿可豫報先公，令作一頓美食，可投其飯也。」

豫報先公帖

「豫報先公」，「報」字傷筆多，然古人作字，大體如此。

晉司徒王珣書衆感帖

「衆感」字尤妙。

晉侍中郗愔書第三帖

毀「當」字，作兩行，可笑。

晉太守山濤書補吏部郎帖

此下十九字，誤置羊欣書後。

宋特進王曇書

「王曇首」，失一「首」字。

王羲之書屏風帖

「試求屏風，遂不得。」

餞行帖

自「成旅以從」至「開祖」字，當是虞永興少年時書。

闊别帖

「闊别」以下七行，當是永禪師得意書也。

服散帖

「省卿書，但有酸塞。」

王獻之書薄冷沈痼帖

「薄冷」以下至「消息」二十八字，是歐陽率更書，不但得之筆法，其語氣是隋唐間人。

王獻之書忽動小行帖

「一」字筆誤成「十」。

鵝群帖

右軍寫經换鵝時，子敬尚幼少，必未能作簡，此是好事者爲之耳。如貞觀初，楊師道輩可作此字。元符戊寅十月，飯後來怖魔閣，致平、子禮、端夫在焉。〔一〕

〔一〕原注：「右家傳。」

57 跋白兆語後

伏惟爛木一橛，佛與衆生不别。有時杖子擊著，直得凡聖路絶。

此白兆語也，公能領此語，則築室以自便，與使冠蓋之士聞桃花巖之風期而來者有所息，豈遽相遠哉！古人言心徑未通，觸物成壅，而欲避喧求静者，盡世未有其方。前作《桃花巖詩跋尾》，自有會意處，士大夫多傳之，不可改也。〔一〕

〔一〕原注：「右家藏真蹟。」

58 書發願文後

雲巖西堂度夏，舊莊主有出家兒氣節，有爲衆竭力之心〔一〕。以知事，方圓一不合，遂縮手袖間。予深爲雲巖惜失此人，因書此《發願文》贈之。紹聖元年五月己酉，山谷老人書。

〔一〕爲：原作「微」，據嘉靖本改。

宋黄文節公全集·别集卷第八

題跋

1 書自草秋浦歌後

紹聖三年五月乙未，新開小軒，聞幽鳥相語，殊樂，戲作草，遂書徹李白《秋浦歌》十五篇。時小雨清潤，十三日所移竹及田野中人致紅蓮三十本，各已蘇息。唯自籬外移橙一株著籬裏，似無生意。蓋十三日竹醉，而使橙亦醉，亦失其性矣。知命自黔江得一畫眉，云頗能作杜鵑語，故攜來。然置之摩圍閣中，時時作百蟲聲，獨不復作杜鵑語。爲客談此，客云：「此豈羊公鶴之苗裔耶！」秦少游學書，人多好之，唯錢穆父以爲俗。初聞之不能不嫌，已而自觀之，誠如錢公語，遂改度，稍去俗氣，既而人多不好。老來漸懶慢，無復此事。人或以舊時意來乞作草，語之以今已不成書，輒不聽信，則爲畫滿紙。雖不復入俗，亦不成書，使錢公見之，亦不知所以名之矣。摩圍閣老人題。〔一〕

〔二〕原注：「右有石刻。」

2 書伯時陽關圖草後

元祐初作此詩，題伯時所作《陽關圖》。崇寧元年五月，見此草於趙升叔家，殊妙於定本。升叔，伯時婿也，時俱繫舟於大雲倉之達觀臺下。

3 書王周彦東坡帖

東坡云：「大字難於結密而無間，小字難於寬綽而有餘。」此確論也。余嘗申之曰：結密而無間，《瘞鶴銘》近之；寬綽而有餘，《蘭亭》近之。若以篆文説之，大字如李斯《繹山碑》，小字如先秦古器科斗文字。東坡先生道義文章名滿天下，所謂青天白日，奴隸亦知其清明者也，心説而誠服者，豈但中分魯國哉！士之不游蘇氏之門，與嘗升其堂而畔之者，非愚則傲也。當先生之棄海瀕，其平生交游多諱之矣，而周彦萬里致醫藥，以文字乞品目，此豈流俗人炙手求熱、救溺取名者耶！蓋見其内而忘其外、得其精而忘其粗者也。周彦敦厚好學，行其所聞，求其所願，得意於寂寞之鄉，遨樂於無臭味之處，他日吾將友之而不可得者。建中靖國元年正月乙酉書。

4 書平原公簡記後

平原公盛德之士，識量絶諸公遠甚，士大夫亦多愛之，然未必知之也。人不易知，知人亦未易也，有是哉！元祐九年四月，在雙井永思堂檢舊書，見元祐初簡記，如接笑語。軍山之木拱矣，眼中無復斯人，使人惘然竟日。因蜀僧範公言，長沙湯氏以石工擅名〔一〕，雅善得人筆意，請範公因行李攜示之。平原公書亦自難識，或不解此意，且爲攜入潙山調護之。二十五日丙寅，某書。〔二〕

〔一〕工：原作「公」，據嘉靖本改。

〔二〕原注：「右有石刻。」

5 跋唐道人編予草稿

此山谷老人棄紙，連山唐坦之編綴爲藏書，可謂嗜學。然山谷在黔中時，字多隨意曲折，意到筆不到。及來僰道，舟中觀長年盪槳，群丁撥棹〔一〕，乃覺少進，意之所到，輒能用筆。然比之古人入則重規疊矩，出則奔軼絶塵，安能得其髣髴耶！此書他日或可與，或可作安石碎金。見愛者或謂不然，不見愛者或比余爲鍾離景伯耶！

〔二〕棹：原作「掉」，據嘉靖本改。

6 跋朱應仲卷

建中靖國元年四月丙午，承天寺經藏南，試金崖石研、諸葛元筆。研不滯墨，墨不凝筆，但觀者如牆，殊增暑氣。

7 元祐間大書淵明詩贈周元章

元章雖爲外兄弟，其清修好學，草木臭味自同。索余作字雖多，余不倦也。

8 再跋

觀十年前書，似非我筆墨耳。年衰病侵，百事不進，唯覺書字倍增勝〔一〕。頃於范君仲處見東坡惠州自書所和陶令詩一卷〔二〕，詩與書皆奔軼絶塵，不可追及，又悵然自失也。

建中靖國元年四月己未。

〔一〕倍：原作「倍倍」，據《豫章先生遺文》卷一〇删。

〔二〕頃：原作「復」，據《豫章先生遺文》改。

9 跋樂道心經

李樂道爲親而書，馬潤之爲親而傳刻，皆美意也。使二君又能參其義，知五藴皆空，以游世，不落煩惱濁中，則所以爲其親者又至至焉。韓退之云：「喧華不滿眼〔一〕，咎責塞兩儀。」此不見色空，即是空累也。

〔一〕喧華：韓愈《寄崔二十六立之》詩原文作「歡華」。

10 跋王子予外祖劉仲更墨蹟

某十五六時，游學淮南間，晉城劉仲更以多聞强識，得近世不傳之學，爲大儒歐陽文忠公、宋景文公所稱賞。《唐書》《天文》、《地理》、《律曆》、《五行志》皆仲更所定，諸公但仰成而已。仲更位卑，年不壽，不及翺翔於中朝，賤生不及承顔接辭，嘗以爲恨。頃歲蒙恩入祕書省，祕書省官皆天下選求，如仲更之學術深密者蓋鮮。今觀遺草，爲之霣涕。建中靖國元年五月癸未，故太史氏黄某書。

11 跋柳枝詞書紙扇

劉賓客《柳枝詞》雖乏曹、劉、陸機、左思之豪壯，自爲齊、梁樂府之將帥也。

12 跋竹枝歌

劉夢得作《竹枝歌》九章，予從容夔州，歌之，風聲氣俗，皆可想見。

13 又書自草竹枝歌後

劉夢得《竹枝》九篇，蓋詩人中工道人意中事者也。使白居易、張籍爲之，未必能也。〔一〕

〔一〕原注：「右有石刻。」

14 跋張拙頌題唐履枕屏

張拙見石霜悟巧拙語，遂能窮佛根源，此異人也。然自此潛伏不聞，豈所謂藏其狂言以死者乎？

15 跋王晉卿墨蹟

王晉卿畫水石雲林，縹緲風塵之外，他日當不愧小李將軍。其作樂府長短句，蹊蹺□語，而清麗幽遠，工在江南諸賢季孟之間。近見書《戒壇院佛閣碑》，文句與筆畫皆頓進，所謂後生可畏者乎！

16 跋自書樂天三游洞序

元和初，盜殺武丞相於通衢。樂天以贊善大夫，是日上疏論天下根本，所言忤君相按劍之意，謫江州司馬數年。平淮西之明年，乃遷忠州刺史。觀其言行，藹然君子也。余往來三游洞下，未嘗不想見其人。門人唐履因請書樂天序刻之。夷陵向賓聞之，欣然買石，具其費，遂與之。建中靖國元年七月，涪翁題。

17 跋知命弟與鄭幾道駐泊簡

知命弟學魯公東西林碑陰字，殊有一種風氣，恨未遒耳〔一〕。年不五十，遽成丘山。觀其平時規摹，不自謂止此。今日見此書，心欲落也。建中靖國元年七月二十五日，涪翁題。

〔一〕遒：原作「遵」，原校：「遵疑作遒。」據四庫本改。

18 又

知命作樂府長短句及小詩，皆清苦愁絶，可傳可玩，非今號能文者所能髣髴也。□月癸卯〔一〕，再觀，乃書而歸之鄭幾道。

〔一〕缺字處四庫本作「十」。

19 跋秦少游踏莎行〔一〕

秦少游發郴州，回横州，多顧有所屬而作，語意極似劉夢得楚蜀間詩也。

〔一〕跋後原附有秦少游《踏莎行》原詞，今删。

20 跋王君玉定風波〔一〕

王君玉流落在外，轉守七郡，意不能無觖望。然終篇所寄，似爲執政者不悦，上獨憐之耶？

〔一〕跋後原附有王君玉《定風波》詞，今删。

21 跋老杜病後遇王倚飲贈歌

建中靖國元年八月二十二日，沙頭荆江亭北軒下書。元章兄弟爲余斫霜鱠，遂能加飯一梧，摩挲腹囊，戲書此詩以爲謝。

22 跋李太白於五松山贈南陵常贊府

元叔無恙時〔一〕，賓客至者如歸。或傳仲良作家宰，客或有不得見者。荆州士大夫之僧語，殆未必然。然仲良於予恩意傾倒，不減元叔時。以其愛我者，故盡言，借太白以規之。

〔一〕元叔：原作「元時」，據嘉靖本改。

23 跋馬中玉詩曲字

馬中玉翰墨頗有勁氣，似李西臺，但少姸耳。詩句亦不草草，蓋致古人詩磊磊在其胸中，亦善題評。至其作樂府長短句，能道人意中事，宛轉愁切，自是佳作。

24 跋永叔與挺之郎中及憶滁州幽谷詩

歐陽文忠公書不極工，然喜論古今書，故晚年亦少進。其文章議論，一世所宗，書又不惡，自足傳百世也。建中靖國元年冬至，觀於荆州沙市舟中。雪晴大寒，捉筆不能字。鍾陵黄某題。

25 跋東坡長短句

龍丘子，陳慥季常之别號也，作《無愁可解》。東坡爲作序引，而世人因號東坡爲龍丘，所謂蓋有不知而作之者。

26 跋寒山詩贈王正仲

此皆古人沃衆生業火之具。余聞王正仲閉關，不交朝市之士。其子鑄參禪學道，不樂火宅之樂。因余姪檥求書，故書遺之。

27 跋浄照禪師真贊

浄照禪師，浄因寺臻道人也。東坡則翰林蘇子瞻，往歲謫官黄州，嘗居江上之東坡。龍眠蓋廬江李伯時，頃與其弟德素、同郡李元中求志於龍眠山，淮南號爲「龍眠三李」者也。浄照老人恬淡少爲，作寺舍，僻在西南，人罕知之者。予嘗作《真贊》云：「猛虎無齒，卧龍不吟。風林莫過，六合雲陰。遠山作眉紅杏腮，嫁與春風不用媒。阿婆三五少年日，也解東塗西抹來。」人以其近俳也，笑其俳，不既其實。今既龍眠寫照，東坡作偈，此話乃大行。跋尾八公，是日不約而集。元祐三年冬至前一日，南昌黄某書。

28 跋王觀復歐陽元老高子勉簡

王觀復、歐陽元老、高子勉，三君子者，雖事業不同，要皆知爲己之學，先行其言，而後從之者也。他日聲名烜赫，而所爲不録録，然後余言可信矣〔一〕。

〔一〕後：原脱，據嘉靖本補。原校：「一作然後。」

29 跋心禪師與承天監院守瓌手誨

黄龍堂頭心禪師，法中龍象，末世人天正眼也。其蒲團、禪板、軍持應器尚可需其福惠莊嚴之澤，況其未滅度後一月中翰墨遺教耶！政可收藏以爲傳。後之杜撰釋子，盲無慧目，自作野狐伎者，輒出示之，使知前輩平易祕密蓋如此。崇寧元年正月甲戌，黄某題。

30 跋自草東坡詩

此東坡先生合浦所作詩，墨跡在歐陽晦夫家。有兒陟，年纔十四，未知來訪余。一日馮紹先、張昌裔見過，誦之，金石琅琅，聽之使人安樂，因爲作草。

31 跋周越書後

周子發下筆沈著，是古人法。若使筆意姿媚似蘇子瞻，便覺行間茂密，去古人不遠矣，何止獨行於今代耶！建中靖國元年九月乙丑，荆江亭下舟中書。

32 跋自草與劉邦直

建中靖國元年十月，沙市舟中，晚日入窗，松花泛研，愛此金屑銑澤，因爲邦直作草，頗覺去古人不遠。然念東坡先生下世，故今老僕作此無顧忌語。「後生可畏，安知來者不如今」者，特戲言耳。

33 跋所書子美長韻後

建中靖國元年二月丁巳，下土淄灘，小舟雙艛傲兀，令人眼花，書字不成。〔一〕

〔一〕原注：「右皆家傳。」

34 跋草書子美詩後

建中靖國元年二月丁巳晚，下群豬灘，未滅燭，爲孫惇夫作此草。匆匆賓客時，誠不暇作矣。

35 書次韻周元翁游青原山寺後

予曩時上七祖山，極愛其山川，故爲予友元翁作此詩。又出上方之南，得古釣臺，嘉遯世不見其光輝者，元翁亦請予賦詩。詩曰：「避世一丘壑，似漁非世漁。獨尋嘉橘頌〔一〕，不遺子公書。筍蕨林塘晚，絲緡歲月除。安知冶容子，紅袖泣前魚。」元翁曰：「青原遺跡但有顔公大字，當并刻此二詩，使來者得觀焉。」其後各解官去，不果刻。海昏王子駿以生絹來乞書。子駿於余外家有連，故書予之。能以青石板刻而送之祖山，亦一段奇

事。南昌黃庭堅書。〔三〕

〔二〕尋：《外集》卷八所載原詩作「吟」。

〔三〕原注：「右見真蹟。」

36 書程夫人墓誌後

予觀長安君梱内之法，知其外家淵源必有積累，或鍾其美於女子耳。余嘗病今世士大夫家，既去父母而從人矣，及其夫得官於瘴癘之鄉，妻輒不隨，世俗亦以爲當然。夫人不納族人之議，從夫於南平，此足以厚薄俗矣。至於救人急難，決事可否，皆男子之事，而長安君躬行之，可謂健婦矣。所聞不出房闥，乃能啓手足而不亂，又何其難也！元符三年五月乙未，故太史氏黃某書〔一〕。

〔一〕「元符」以下原無，據《豫章先生遺文》卷一〇補。

37 跋東坡自書所賦詩

東坡少時，規摹徐會稽，筆圜而姿媚有餘。中年喜臨寫顔尚書真行，造次爲之，便欲窮本。晚乃喜李北海書，其豪勁多似之。往時唯唐林夫學書知古人筆意，少所許可，甚愛

東坡書，此與泛泛好惡者不可同年而語矣。〔一〕

〔一〕原注：「右有石刻。」

38 跋梅聖俞贈歐陽晦夫詩

余三十年前，欽慕聖俞詩句之高妙。未及識面，而聖俞下世。二十年前官於汝州葉縣，聞歐陽君學詩於聖俞，又得贈行詩，而葉人能誦其詩。歐陽君已行，又不及識。元祐己巳、庚午，乃見歐陽君於京師，其人長鬣，眉目深沈，宜在丘壑中也。用聖俞之律，作詩數千篇，今世雖已不尚，而晦夫自信確然。今當爲掾龔州，待歲月於桂林里中。桂林主人今甚好文。晦夫行矣，往游幕府作嘉客，不獨過家上冢爲可樂也。元祐五年正月二十一日，黄某題。

39 書船子和尚歌後

《船子和尚歌》，漁父語，意清新，道人家風，處處出現，所以接得夾山，水灑不著。崇寧元年四月己丑，飯於萍鄉之護法院僧堂中，齋起受温浴，浴罷書此卷以解倦。

40 跋苦寒吟〔一〕

開封張德淵〔二〕，號爲有急難之義。予晚識之於長沙，名不虛得也。泊船驛步門，與德淵官廨相近，時時相過，奔走予所闕，如有人挽其前、推其後也。他日持此卷來乞書，會舟子作歲除〔三〕，未能行，舟中無他緣，偶得意書盡。崇寧二年十二月晦，山谷老人書。〔四〕

〔一〕吟：原作「竹」，據《山谷年譜》卷二九改。
〔二〕淵：《山谷年譜》作「潤」。下同。
〔三〕子：原作「予」，據嘉靖本改。
〔四〕原注：「右真蹟今藏晉陵尤氏。」

41 書朱暉傳後

梁嘗有疑獄，群臣半以爲當罪，半以爲無罪，雖王亦疑。梁王曰：「陶朱公以布衣富侔國，是必有奇智。」乃召朱公而問曰：「有疑獄於此，國以爲當罪者半，寡人亦疑，吾子決是，奈何？」朱公對曰：「臣鄙人也，不知當獄。雖然，臣之家有二白璧，其色相如也，其徑相如也，其澤相如也，然其價，一者千金，一者五百金。」王曰：「徑與色澤相如也，一者千金，一者五百金，何也？」朱公曰：「側而視之，一者厚倍，是以千金。」梁王曰：「善。」故獄疑則從去，賞疑則從與，梁國大悦。蓋牆薄則亟壞，繒薄則亟裂，器薄則亟毁，酒薄則亟酸。厚之在人，可謂美德矣。鄭當時未嘗不言天下長者，吾嘗想見其人。如朱文季，可謂天下長者，非耶？吾宗潤父方喟然有尚友之意，而比來學士大夫持論甚高，余謂不如載之行事，潤父以爲何如？〔一〕

〔一〕原注：「右真蹟藏於潤父孫樸。」

42 書安樂泉酒頌後

荆州公厨，酒之尊貴者曰錦江春，其色味如蜀中之小蜂蜜，和蔗漿飲之，使人淡悶，所謂厚而濁、甘而噦者也。士大夫家喜作菉豆麯酒，幾與冰瓷同色，然使人飲之，心興轟轟，害人食眠，所謂清而薄、辛而螫者也。誠使公私之釀合去四短，合用四長，則爲佳醖矣。大概錦江春以米入漿，不待味極酸而炊，故但甘而不辛。又用麯少，故不能折甘味。其濁，則不待醅熟而榨耳。菉豆麯投水太多，又不以麥糵折其辛味故也。若斗取六升，豈有薄哉！〔一〕

〔二〕原注：「右家傳。」

43 題韓幹御馬圖

蓋雖天厩四十萬疋，亦難得全材耳。今天下以孤蹏棄驥，可勝歎哉！〔一〕

〔一〕原注：「右真蹟藏於富川吴氏。」

宋黄文節公全集·別集卷第九

行狀

1 叔父給事行狀〔一〕 元祐八年五月日撰

黄氏本婺州金華人。公高祖諱贍〔二〕，當李氏時，來游江南，以策干中主，不能用，授著作佐郎，知分寧縣。解官去，游湘中。久之，念藏器以待時，無兵革之憂，莫如分寧，遂以安輿奉二親來居分寧，因葬焉。公曾大父及光禄府君，皆深沉有策謀，而隱約田間，不求聞達。光禄聚書萬卷，山中開兩書堂，以教子孫，養四方游學者常數十百。已而仕於中朝，多鉅公顯人，故大夫公十伯仲，而登科者六人，凡分寧仕家學問之原，蓋皆出於黄氏。公少舉進士，有聲場屋間，登嘉祐六年進士第，授宣州司理參軍。治大獄亡慮百數，無不得其情。公去官，老獄吏嘗竊歎息，以爲獄官能盡心於治獄，不可欺以秋毫，仁厚精密，前後未見其比。移虔州會昌令，治公家如營私，視民病如在己。會昌民健訟，善匿情成獄，户婚事多久不決。公開導教勸之，待以恩意，因鉤索其曲直，久乃皆服。其治大獄，多可傳道。蓋世稱仁厚吏者，徒苟欲生之，公則不然，曲折務盡其情，要使不冤然後已，故會昌民至今思之。改秘書省著作佐郎、知鄂州崇陽縣。未至，丁母夫人蓬萊縣太君徐氏憂。服除，江淮發運使張頡舉充勾當公事，未行。或薦公於王荆公，荆公召至中書，問免役法，公以但知舊役法牙規對〔三〕。荆公問甚悉，曰：「能留心舊法〔四〕，必能辦新法矣。」薦於上，遂爲司農寺勾當公事。召對便殿訪時事，公對曰：「陛下意在惠民，法非不良，而患在奉法之吏多非其人。朝廷立法之意則一，而四方奉法之意紛然不同，所以法行而民病，恐陛下不盡察也。河北郡縣被水，河東、河南、京東西皆旱，淮浙飛蝗蔽野，江南疫癘，恐陛下不盡知也。」遂命公同司農寺丞程之才體量河北、河東災傷賑濟，道除知司農寺丞。公以荒政十二爲科條，州縣可行者以付守令，其大者或請或遂，務以濟民，不專於黜不職之吏立威而已。歸報使事，又言所見民間不便於改法者數條。明日〔五〕，上謂執政曰：「黄某忠厚，可使除太子中允、利州路轉運判官。」既行，就差提舉秦鳳等路折納欠負。公一聽輸粟，優估其值，凡折納五十餘萬。召爲司農都丞。異時命陝西轉運司爲兩路，移用常苦不足。公議兩路賦入薄厚、事權重輕皆不侔，使者各爲備邊之計，偷自便而已，其移運糴買，勢必相傾，故每告之，請復通爲一路。後卒如公議。除監察御史裏行，熙寧十年七月也。公疏言：「一人之智不若十人，十人之智不若百人，此有餘不足之辨也。成天下之務，莫急於人才，願責兩制近臣、監司、郡守，各薦所知一人，陛下因所舉而任之，於其能否成敗之際，亦足以知天下之大吏所以事陛下者。」上用其言，敕内外待制以上、臺諫官、三路都轉運使至諸路轉運判官，各舉才行任陞擢官一員，於是應詔者百餘人。公又疏言：「勢孤地寒，遠跡下僚者，既得以名聞於上，願詔中書審察其能而用之，則急才之詔不虚行於天下。」又疏言：「自五年以來，天下水旱，下户實蒙支貸倚閣之惠。今幸歲豐，有司悉當舉催。久飢初稔，累給併收，是使百姓遇豐年而思歉歲。乞定諸路舉催欠負，上二等户三分收二，下三等户收半，仍飭官司聽民折納。」又言：「都檢正俞充結中人，徼幸富貴，不宜使佐具瞻之地。」并言：「王中正任使太重，恐爲後憂。」又面論之甚切。上曰：「人才蓋無類，顧駕御之如何耳。」公對曰：「雖然，漸不可長。聖人長駕遠御，故四凶在朝，不廢時雍。彼皆才器傑然過人，任使稱意，爲後世慮，故放殛之耳。」上曰：「且置此事。」河决曹村，京東尤被其害，今以累卿。」遂充京東體量安撫。公條舉百餘事，大略疏張澤濼至濱州，以紓齊、鄆，而濟、單、曹、濮、淄、齊之間，積潦皆歸其壑。郡守、縣令能救災養民者，勞來勸誘，使即其功。發倉廩府庫，以賑不給。水占民居未能就業者，擇高地聚居之，皆使有屋。避水回遠未能歸者，遣吏移給之，皆使有粟。所灌郡縣，蠲賦棄責。流民所過，毋得徵算，使吏爲之道地，止者賦居，行者賦糧。憂其無田而遠徙，故假官地而勸之耕；恐其殺牛而食之，故質私牛而予之錢。棄男女於道者收養之，丁壯而飢者募役之。初，水占州縣三十四，壞民田三十萬頃，壞民廬舍三十八萬家。卒事，所活饑民二十五萬三千口，壯者就功而食又二萬七千人。得七十三萬二千工，給當牛借種錢八萬六千三百緡。歸薦士大夫，後多朝廷所收用也。差同結絶相州獄事。初，相州事發於皇城，卒事十九不實。知雜御史蔡確鍛鍊成獄，以此自媒。中丞鄧温伯、御史上官均上疏論之，温伯又在經筵造膝而論。確耳目長，具得温伯、均所言，又善伺察中人主意，即論温伯、均朋黨爲邪，與罪人爲地。又任殘賊吏日引諸囚〔六〕，如使者慮問狀，稱冤者輒苦辱之，有人情所不能堪。及上遣黄履、李舜舉按狀，而因以爲如前，皆引服。於是天子不疑確，而温伯、均皆得罪。均猶獨上疏争之。公至未幾，而具獄上矣。公嘗謂子弟：「吾失不極論此獄，甚愧於上官御史也。」提舉南郊事務，斟酌損益，爲《南郊式》二十卷。監試國子監開封進士，奏增損《貢舉式》，進士以爲便。已事對便殿，言近歲雖以經義取人，太學諸生文章體制未能近古，大率集類章句，聯屬對偶，風傳四方，謂之新格，不禁其漸，文章反陋於作詩賦時。乞申敕教官，稍令務本，以深學者之原〔七〕。改集賢校理，判尚書刑部，賜緋衣銀魚。元豐三年，權發遣河東提點刑獄，兼提舉義勇保甲。明年秋，召閲澤州保甲，補官者五十八人，特改一官。八月，麟府軍興，兼權轉運判官。又差定代州地界，公條具曲折爲十二寨圖以進，且言：「建議者以分水畫界，恐地勢不能盡然，啓豺狼心，失中國險固。」其後遼人果責分水之言，包取兩不耕地，據有形勝，下臨雁門，父老於今以爲恨。及王中正發軍興，皆用一而調二，其數皆千萬計，或非所急，或非所用。轉運使陳安石計不知所出，奉行唯力，恐不辦，或增調之。一道騷然，百姓朘剥至骨。公爲言：「主將非其人，其勢必敗事。乏軍興，雖罪死，斟酌事宜，使不乏而已，何忍自竭根本？」安石字謂公：「夷仲，安石老業，今日但保首領歸，安能顧惜待制？」其任國家大計蓋如此。公每爲中正言朝廷大體，民命重寄，贊道其所長，稍稍規之。初雖樂言，不以爲忤。及將出界，取公錢鉅萬爲特給，中正父子多自予，餘以差給凡在軍者。公爲言：「斂天下以奉一方，皆出於不得已，願更爲縣官愛惜。」中正始怒。是時隨軍使臣員二百，多請託徼幸成事，或父子兄弟皆在行，中正已取其半。莊公岳、趙咸將漕隨軍，公在塞内主續餽餉，欲部分使臣護道路，而中正所取之餘，盡隨公岳、咸，無在者。師去界已百餘里，移文追之，皆不報。公謂勾當公事孔文仲〔八〕，當自馳往取之，夜置酒與文仲訣，文仲泣曰：「公行軍，外事不可知，使臣自從軍，非公責也。」公曰：「王事當計成敗，豈但塞責耶！」從十數騎晝夜追至軍〔九〕，中正等皆大驚。公罵公岳、咸，取使臣五十餘復歸。因上疏言大軍必無功，未有以善其後。乞募民入芻粟實塞下，得以補官，及一切除罪，少寬近邊百姓已竭之力。已而大軍潰歸，中正歸罪轉運司應副乖方，且言黄某不肯協心同力。上遣御藥竇士宣簿責乖方十事〔一〇〕，公以書對，稱死罪，皆實有之。繼遣開封府司録喻陟就潞州置獄。安石以應副漕輓，免就獄。公獨對吏月餘，但坐奏請張皇，降一官，在職如故。師出以元豐四年冬〔一一〕，降官以五年三月。是冬，以絳州王達群盜阻山，横行劫略，達張紅幟以入縣鎮，奉詔督捕，盡十二月，悉捕斬之。六年六月，還所降官，又以教保甲應格進一官。詔按邊州違法透漏事，至嵐、石州，道遇岢嵐軍流民，經略司奏請，已被旨給路糧遣還本郡，而老幼二千餘口，號泣於道，擁公馬首，自言昨以雨多糴貴〔一二〕，暫來就賤分。鋤一夏，麥已見穟，粟已立苗，願及分田乃歸。公即慰諭，移嵐、石州，未得發遣，立爲奏入，内侍省遞其言：「所問情實如此〔一三〕，臣不敢以憂非其職爲嫌，改朝廷之成命爲罪。竊惟老小二千口不得其所，陛下必爲之動心。」聞數日〔一四〕，遂得報，可其請。十月，罷提點刑獄，爲權發遣同提舉保甲，視轉運副使。八年九月，詔以明年正月罷赴闕。司馬温公言，閒居往來陝洛間，聞河東民言甚美，因熟問治狀。吕正獻中公亦言，河東軍興，邊民德公甚厚，顧朝廷不盡知耳。公在河東六年，未嘗乞赴闕，雖在團教場，未嘗易儒服，故在陝西、河北，獨不賜戰袍。元豐末，他路保甲擁兵入縣鎮，賊殺官史，群盜通行數州，獨河東保甲不爲犬吠之盜。元祐初，除尚書户部郎中，治左曹。二月，差按察成都等路茶事，兼體量邛州蒲江鹽井利害。先奏罷陸師閔所行公私甚病者，乃具奏曰：「臣奉被使旨，所至訪求利害，至熟榷茶之法，實有害於川陜之民。蓋官司不原朝廷立法本意，希功幸賞，以得爲多，於是禁網滋繁，百姓受敝。陸師閔立法最虐，故取利最多，上累國體，下斂民怨。中外臣寮所言茶事害民六科，皆有事實。若遽論之，不若盡以予民，使園户自賣，商賈自販，官收税引及歇馱錢。並復熙寧以前博馬之策，無交易之煩，無脚乘之勞，抉去故敝，一從私便，無復可議。若致詳於公私之際，則先當議民，其次商賈，其次邊計利害，各有所在也。今蜀民通患幣輕錢重，商旅齎攜，息不償費。若不捐榷茶，盡與商賈，則百貨未能流通，脚乘未能猝備。非唯園民之貨鬱滯，絶其資生之路。若蕃市交易萬一不繼，亦足以害經久之法。今若捐十一州之茶與商賈，仍以川峽四路及關中諸路與之爲受茶之地〔一五〕，宜若可以盡泄川茶，以補蜀民久困。而官以善價取雅州、興元府所產，以贍熙、秦諸州，酌中法以爲邊備，於理爲可。」於是朝廷許同轉運司盡公私之便，商度立法。公又奏曰：「産茶之地盡在川路，賣茶之地全占陜西。其發至陜西六路者爲綱茶，榷於川峽四路者爲食茶。若産茶之地除去榷賣侵刻，取息太重，搜捕苛擾，差雇不和，配賣賒欠，預俵折納，濫賞諸敝，則賣茶之地隨事制宜。其目有六：一曰路分全占陜西州縣，又榷取京西之金州。以東南望之，疑若專利太多；以天下觀之，皁通川陝之利以備邊，而不病東南，則勢均矣。故以熙河、秦鳳、涇原爲禁茶舊路，以永興、鄜延、環慶爲通茶新路。不禁舊路，無以制蕃市；不通新路，無以便民欲。使通塞常相權，則公私可以共利。二曰賣茶給歷，抑配及官賣末茶。今盡除宿敝，又禁南茶無入陝西，使川茶常不失中價，則民不知榷茶之害。三曰茶色不等。蓋漢茶食嫩，蕃茶食老。雅州之名山，自蘭州入邈川，至于于闐。興元之大竹，自階州入歐家，自河州入木波。洋州之西鄉茶，自河州入木波，至于三耶、龍谷〔一六〕。今區別茶品，以入諸路，則可以適漢蕃所宜。四曰價直騰踴，則害馬價。今以茶馬相宜，以斤對寸，高下適等矣，因宜增損，則可以制邊備之費。五曰博易奪市易之權。汙吏撓法，法不可爲汙吏廢。今邊市博茶，大者在馬，其次金帛。去貪者之害，乃可以通邊市之利。六曰腳乘不均。蓋緣軍興，腳乘踴貴，故高立雇直，遂以諸場所博汙濫之物，高價估折。今若斟酌高下，損其餘以資鋪兵，則可以均力，使之任併定博馬，歲額以萬八千匹。」又奏蒲江鹽事云：「邛鹽舊價太高，已蒙朝廷權減斤爲八十五錢。然汙雜濕惡，積敝未除。今欲止絶汀淋灰土及煎膽水〔一七〕，止用九井正水煮一色鹽，用權減價爲定法，專用食邛州，禁外來官鹽及小井鹽。其汀淋等鹽八百六十二斤，乞於正額除之，仍寬鹽户舊欠，十分除二分，邛民數十年之病於是悉除。」所奏皆即施行。以職事除直祕閣，權發遣都大提舉成都府、利州、陝西等路茶事，兼提舉買馬監牧公事。以職事入奏，落「發遣」字。朝論以宰府官屬當得中立不倚之士爲助，以公不附會朝廷，必廢茶法。已而公私便之，故二年十二月，除尚書左司郎中。公語子弟：「昨按察川陝茶政，隨事制宜，便於公者不苟去以爲名，害於民者不苟存以爲利。論者未以爲然。是歲遂代前官，領茶馬事。前日所以繩治人者，皆身當之。在職歲餘，法無疐閡不可行者，士大夫乃頗見信。故知無心以制事，利害則合而聽之，在人在己，無間然矣。」初，陸師閔時，歲計茶息以一百二十萬緡，掊克斂怨，無所不至，歲乃得二百萬緡。及公將使事，盡除公私之病，比數年，亦得百二十萬也。四年十月，除起居郎。知公者賀曰：「公學問文章，宜任論思獻納，而經營四方餘十五年，從此乃得涂轍。」公謝曰：「王事内外一耳，豈敢有擇邪？」五年六月，權中書舍人。九月，遷集賢殿修撰、樞密都承旨。公言比歲累進官，無功狀，固辭不敢就職，乃以修撰充陝西路都轉運使，賜紫衣金魚。陝西狃習軍興，帥府常侵漁，歲計金帛，監司爲軍興時柄在帥府，欲按舉則掣肘，故瘠不治。公痛以法繩治大府，責其逋負。六年十一月，除給事中。七年正月就職。於是數月無除拜，所駮奏法令二十餘事，皆見聽。自詔絶夏國歲賜，邊臣往往邀功生事。間小入鈔略，雖亡失過當，匿不以聞；及幸勝，論功則上下相蒙以冒賞。朝廷既治通遠軍上首虜不實當之罪，罰金。公駮奏不聽，因復言：「今日閱實邊臣功過，止用保明文字而上功狀，故不以實，則無功者論賞，死事者不見哀卹，軍律漸隳，何以禦侮？縱未特行貶黜，宜自朝廷申敕法令，以懲後來。」五月戊子，病疽甚，卧家，求致仕，不允。丙申，不幸捐館舍。知與不知，無不哀悼。詔給賻賜有加焉，假官舍庇其諸孤，下所屬調護葬事。娶劉氏，尚書屯田員外郎致仕涣之女，封彭城縣君，先公没十年。子男四人：曰叔豹，遂州司理參軍；曰叔向，太廟齋郎；曰叔夏，舉進士；曰叔敖，封丘縣主簿。女三人：長適承務郎李逡，餘在室。有文集十卷，奏議二十卷。公讀書常自得意，以爲學問之本，在力行所聞而已。不憚改過自新，善用規諫之言，一言而善，終身紀之。其於不義，小心畏避，人笑其怯。見義而行，膽氣烈烈，無不歎息。平生忠信孝友，自以無負於上下神祇。張頡自江淮入奏計，與丞相吴正憲公語東南水旱，意以爲病新法。正憲公至上前道之。已而上參問，自東南來者皆曰無有。有詔治語所從來，頡窘甚，召嘗所與往來者計之，莫敢過頡者。召公而公至，頡問曰：「計將安出？」公曰：「士大夫豈效兒女輩語人前匿之邪！今所對者天子大臣，嘗言之，不可食；未嘗言，不可强服。」頡乃釋然。用公言得罪，亦不深悔。公天資潔清，非其義，雖飲食之物不虚受也。到官，必推廪給圭田與前人，然後就職；罷官，必亟解職，推廪給圭田以與後人。自少長行之不變。及爲大吏，廪給於法疑，必辭厚而取薄，非矯揉爲之，心安而性服之也。自劉夫人没後，家事盡付諸子，未嘗知有無。旁無妾媵，寢室蕭然，惟書册而已。舉吏六百餘員，必問能否，不行請託。其舉擿有罪，小贓汙時見縱捨，至酷吏殘民，必擊去之。在河東時，過正平縣，有民扶老嫗自言：「尉疑我竊盜〔一八〕，笞掠我，今母子共有三足指存。」問尉，曰：「高士造以疑執訊此母子。」有實，即奏罷之。曰：「不去士造，無以謝此兩母子之不幸〔一九〕。」屯留令司馬宏，温公兄之子，右丞相范公之婿也，望公薦拔。公察宏爲吏尚奇怪，立誹謗木聽民言。然及其縣〔二〇〕，吏民困於威虐，皆無完膚。即召宏數之曰：「不能改，且奏罷若矣。」劉昌祚知代州，役壯城卒繕官舍，一卒墜地死。監司會議，欲案其罪，公曰：「昌祚才器，必爲名將，諸君幸緩其小過，且爲諸君因行案之。」公至代，閲昌祚吏治軍政甚修，方略耳目足辦邊事，因作薦章，極口稱道之，故事遂已。公之奏舉人，皆此類也。諸孤將以今年九月，奉公及劉夫人之喪，合葬于分寧縣雙井之臺平〔二一〕，大夫公之墓次，方求當世之君子位光顯而其言立，且知公之表裏者爲之銘，以傳信來世。庭堅越在衰削，哀不能文。公之遺事，多所散軼，追次其在者，廣記備言，以待采擇。謹狀。元祐八年五月日，第九姪某狀〔二二〕。

〔一〕《豫章先生遺文》卷八題作《故左朝散大夫試給事中護軍賜紫金魚袋黄公行狀》。正文前尚有：「本貫洪州分寧縣高城鄉雙井里。曾祖元吉，不仕。祖中坦，贈光禄卿。父湜，贈左朝散大夫。公諱□，字夷仲，享年五十有九。」

〔二〕贍：《豫章先生遺文》作「瞻」。
〔三〕舊役法：原無「役」字，據《豫章先生遺文》補。
〔四〕「舊法」下，《豫章先生遺文》有「如是」二字。
〔五〕日：原作「白」，據《豫章先生遺文》改。
〔六〕日：原作「目」，據《豫章先生遺文》改。
〔七〕深：原作「採」，據《豫章先生遺文》改。
〔八〕謂：原作「爲」，據《豫章先生遺文》改。
〔九〕十數騎：《豫章先生遺文》作「數十騎」。
〔一〇〕簿：原作「薄」，據《豫章先生遺文》改。
〔一一〕冬：原作「各」，據《豫章先生遺文》改。
〔一二〕雨：原作「與」，據《豫章先生遺文》改。
〔一三〕「問」下《豫章先生遺文》有「流民」二字。
〔一四〕聞：《豫章先生遺文》作「間」。
〔一五〕川峽四路：原作「川陝四路」，今改。下同。
〔一六〕龍谷：《豫章先生遺文》作「龙谷」。
〔一七〕汀淋：嘉靖本作「汁淋」。下同。

〔一八〕竊盜：《豫章先生遺文》作「竊盜」。

〔一九〕不：原脱，據《豫章先生遺文》補。

〔二〇〕及：原作「反」，據《豫章先生遺文》改。

〔二一〕平：《豫章先生遺文》作「祔」。

〔二二〕「元祐」句：原無，據《豫章先生遺文》補。嘉靖本無「某狀」二字。

2 宋故宣州觀察使贈太尉和國公趙公行狀〔一〕

公諱克敦，字公厚。按屬籍，公於今上爲從伯祖父。乾興元年，母原武郡楊夫人生於秦邸。天聖九年賜名，授左班殿直，三遷爲左侍禁。景祐二年，圜丘禮成，換右衛率府率，歷右領軍衛將軍、右屯衛大將軍、昌州刺史，右神武軍大將軍、儀州團練使，左金吾衛大將軍、階州防禦使、舒州防禦使、宣州觀察使。公天資高秀，少工文藝，蔚然照映宗室。長而篤好經術，親近師友，諸儒多與之游。聚書至數千卷，務實求是，不爲嫮誇。晚節淡泊，刻苦隱約瞿耽之間，啓手足於牖下，恬漠而不亂。初，公在乾祐、寶元中，學虞世南正書，爲大小學第一。至和中，上所屬文八卷，皆賜金帛敕書奬之。濮安懿王判大宗正，論公文藝經術爲宗子表儀，召試學士院。阮逸嘗教授秦宫，與公游好，去官合流鎮，寓詩焉。公報答之，逸率其僚數輩屬和。逸詩用《漢書・五行傳》故事，非所宜言，爲仇家所告，捕繫詔獄，坐斥逐。詩未抵公而事覺，公猶以所善非其人罰金。由是杜門謝絶交游，盡心於學，其天文、地理、醫方書、文武藝事無不通。東平王蚤世〔二〕，事太夫人極於憂勤。丁太夫人憂，哀毁如不勝。鄰里夜火，公奉几筵以出，不問家事。叔父承祐家人避火，繆置寶器於公輜重間，弟克臻家人或匿之，公家女奴與分焉，公皆不知也。事定，其下相告，於是逮治公與克臻。公怡然對獄，悉自誣伏，傾囊橐償之，具獄當罰金九斤，詔奪三官。頃之，大宗正司訟公獄不直，詔公具實。公言：「火時所之，誰不僥倖？有司求必得，則失不辜者衆矣。臣得罪，不過失官也。然臣能鑄金，亦未嘗用。」天子遣内侍馮宗道取其書鑄作尚方，不繆，乃除其罪。公因謝病，乞致仕，僦宅外居。於是賜昭德坊，許拆洗院爲居第，不聽。公家居，數上封事，言所聞民間疾苦，慮或壅於上聞，天子嘉納之。元豐末，撰次東平王遺稿奏之，手詔中書門下曰：「承幹父子世有藝文，在朝廷旌善與能之義，宜舉褒典。」於是啓東平之封。公舍中有藥圃，蓋十年嘗再至，命子弟瀹茗而已。退朝燕坐，不覿婦女，繩牀之下，足蹟隱然。未嘗過宗室飲，不言有無。禄賜入門，親黨之貧者待之以炊。及公捐館舍，家無餘資，子叔盎貸俸錢以奉窀穸。如公，可謂好學樂施，刻意尚行，不溺於流俗者也。前史稱河間獻王大雅，卓爾不群。公視河間，豈有愧乎！公享年六十有九。訃聞，贈開府儀同三司，追封和國公。夫人夏氏，先公没三十餘年。五男子，在者三人：叔盎，右武衛大將軍、康州團練使；叔鉞、叔諟皆左班殿直〔三〕。二女子，皆嫁而卒。孫男九人。庭堅與公皆姻連盛文肅公，以故知公言行曲折，謹狀。公世出官狀，在邦居家，訖于牖下，請上考功、太常議所謚，上國史院重編録狀上。〔四〕

〔一〕「宋故」二字原無，據嘉靖本補。

〔二〕東平王：原作「東平主」，據嘉靖本改。按克敦父承幹追贈東平王，見《宋史》卷二四四《魏王廷美傳》。

〔三〕班：原作「旺」，據嘉靖本改。

〔四〕原注：「右皆家傳。」

宋黄文節公全集·别集卷第十

墓誌銘

1 宋故通直郎河東轉運司勾當公事蕭君子長墓誌銘〔一〕

治平四年，庭堅初仕得葉縣尉，與同年生湖口主簿何君表、郊社齋郎蕭子長同歸江南，登高臨遠，把酒賦詩，忘道塗之勞也。此時子長年尚少，器宇堪事矣。後十年，見於清江，則老成重慎，無少年氣矣。又十年，見於京師，宦游雖不偶，而氣不挫也。又十年，庭堅謫在僰道，會新天子即位，恩許東歸，而聞子長没於河東矣。子長，新淦蕭氏也，諱景修。曾大父漢卿、大父中師、父訪，皆隱於田間。子長舉進士有聲，而用妻父提點江西刑獄何若谷奏補官，調臨賀尉。以母憂去。再調吉州司户參軍，以父憂去。調平南令，改宣義郎、知符離縣，從辟爲河東轉運司勾當公事，泛恩遷通直郎。元符三年七月卒於官次，享年五十有六。子長居喪毁瘠〔二〕，喪祭盡力，既免喪，弟兄欲析生，而悉推與之。爲吏不苟簡，必令中法律，得民情。以算捕盜，或踰年，盜不發，獄屢空。淮泗多蝗，而獨不害其稼。決獄求生之，蓋嘗再活死者。其遇不便民事，雖觸忌諱不苟止，必直乃已，不憚大吏也。故其進官陵遲也。如子長者，才未試，志不伸，屈在下位，死於中年，是可哀也已，故論譔而銘之〔三〕。夫人何氏，先子長五年卒。子之彦、之方，皆舉進士；之純、之邵，蚤卒；其二尚幼。三女，既嫁陳嶠、徐喆〔四〕，其一在室。之彦奉君及何夫人之喪，合葬於其縣之鷄冠山祖塋之次，實崇寧之癸未，其仲冬之丙寅也。銘曰：

平居秩秩，睟乎其不忤物；遇事憤發，矯乎其不可屈。視其能也將有上〔五〕，觀其文也將有述〔六〕。忽乎其顛作土室，後千萬年見白日，吾以斯文吐其鬱〔七〕。

〔一〕「宋故」、「勾當公事」六字原無，并據嘉靖本補。
〔二〕居喪：原無，據嘉靖本補。
〔三〕論：原無，據嘉靖本補。
〔四〕喆：原作「諲」，據嘉靖本改。
〔五〕能：原校：「一作才。」
〔六〕原校：「一本無二也字。」
〔七〕鬱：原校：「一作鬱鬱。」

2 朝請郎郭方進墓誌銘

君諱大昕，字方進，臨邛火井人。至君之父諱紘，聚徒教授於富義，因家焉。其家世傳初非火井人，唐汾陽郡王子儀之曾孫景初，爲成都雙流令，卒官下，其子不能歸，以其屬居臨邛。中世在田間，失譜，不知至君幾世矣。君既通籍，故父以承事郎致仕，累贈朝請郎。君幼少機警，能文。故韓獻肅公守成都，大興學，學者至數千。試進士以《泮宮服淮夷賦》，君年十六，考第一名，聲傾西州。登進士科，調遂州法曹參軍，以憂去。服除，授戎州司户參軍、果州團練判官。提舉常平司辟資州軍事判官，礙蜀人不得同郡格，復歸果州。遷宣德郎、知成都縣。泛恩遷奉義郎，賜五品服，以能舉再任。元祐初政，君以議法忤使者，移蜀州永康縣。遷承議郎、通判達州。中外諸公交章薦其材，而君以朝請君春秋高〔一〕，願得學官以便養，乃除梓州教授。未至官，而親捐館舍。服除，除泰州教授〔二〕。從陸師閔辟，以朝奉郎充陝西路買馬司勾當公事。遷朝散郎，知蜀州。泛恩遷朝請郎。卒于郡之正寢，享年五十有六。夫人榮州王氏，封長樂縣君。五男子：曰純中，三以鄉書貢於禮部；曰知十，以奉表賀登極授郊社齋郎；曰旅百，曰己千，曰時萬，皆有文藝。二女子，適進士程萬里、程撝。有家集三十卷。君好學，未嘗一日去書不觀。敏於文詞，章刻移檄，操筆立成，事從言順。果州比歲水害民田畜廬舍，君檄嘉陵江而祠之。在官四年，江水平，人傳其書似韓潮州《移鱷魚文》云。其令成都，忤使者，而移永康，士大夫以爲曲在使者而不在君。事親盡志，居喪盡情，教士忠慤，直學雅言，不使阿世幸得。治民平易，以禮以律，不爲巧發奇中。稱人之善，覆人之過，喜怒不見於顔。有同母異父兄劉復，性卞急〔三〕，十事七八不可意，君事之順焉。在蜀州，士多從之學，賴君而活者至不可勝數。其啓手足，召諸子，教誨丁寧，加趺膝上而逝〔四〕，其死生之際知之者乎！諸孤奉君之喪，葬於富義之西林，乃以知縣事張剛狀君家世行治來求銘。某於君皆治平四年進士也，純中又從予游。剛，西州名士也，故敘其可傳後者爲銘。君蓋卒以元符三年八月己酉，而葬以某年十二月甲子。銘曰：

嗚呼方進，仁而多聞，宜壽宜祉，以介其子。天嗇其施，能不見世，中襲膚美。非此其身，在其子孫，蓋物常理。我作銘詩，以小觀大，以詔無止。

〔一〕朝請：原作「朝議」，據上文改。

〔二〕泰州：《豫章先生遺文》卷七作「秦州」，當是。

〔三〕卞：原作「辯」，據《豫章先生遺文》改。

〔四〕趺：原作「跌」，據《豫章先生遺文》改。

3 承議郎李子平墓誌銘〔一〕

府君諱某，字子平，姓李氏。惟安陸之李不能紀其所從來，蓋有上世爲安陸人，興於田間，遂以資長雄其州。府君之父諱惟清，有陰德於其鄉。府君晚生早孤，而器宇閎深，化居微物，不赫赫驚人，坐致鉅萬。性無偏嗜耽翫，樂信樂義〔二〕，喜推有餘補不足，其天資也。皇祐中，歲大艱，通判州事黄師旦以令勸分，府君爲之率人爭應令。既而大疫，死者横道，又皆爲之槥櫝。師旦罷官去，他日道出安陸，路旁得孤棄窮獨者數十人，與之俱來。使人召府君付之，曰：「非君，誰能活之！」府君欣然如受賜也。平居視歲之盈虚，常上下穀價，貴入而賤出，民仰之以不憂，未嘗乘人之急賤取人田，故敗家之田多歸李氏。有里姥善爲生，無子，而夫不肖，來託黄金一篋，請密而願勿言。久之，姥夫病且死，府君召證佐還之。姥初驚曰：「無有。」府君不應答，姥乃笑曰：「公大人，不受我私。老妾晚納一夫，惰游不作業，以爲盡於飲博，不若助公施，尚可活數百人。」府君曰：「物固有幸不幸，與人居，老矣，又忍欺之而死乎？」姥乃泣謝，聞者皆歎息之。方是時，年三十餘矣，諸子稍長，乃命次子謀儒治家，第三子通儒就學。已而皆如意，士大夫亦服其知人。通儒蓋登熙寧六年進士第，府君及見其子爲朝奉大夫、開封府推官。府君既以承議郎就第，而大夫君請以所賜緋銀魚回授，出入里中，人歆羡之。爲人强壯，未嘗問醫藥。耆艾不用杖扶，食生飲冷如少年。年八十有三乃終，蓋元符三年。府君七子：宗儒早卒，長子道儒，次則謀儒，次則大夫君，次師儒、純儒、景儒。葬府君於其縣之進賢里青木之原。夫人趙氏，追封壽光縣君；繼室閻氏，追封永寧縣君，皆祔焉，實某年某月日。府君五女，以序嫁進士鄭槃、俞橐、王迥，其二在室。孫男女二十有三人，曾孫女十有八人。其婚嫁皆擇門户，問家法，不問富也。大夫君之子惇，妻庭堅之兄女，以婚姻故來乞銘。銘曰：

富者怨之府，補貧振窶，使得理所，君以譽處。盈者道之忌，挹兹注彼，來亦不已，君以傳世。薰然慈仁，有子似之，匪其身之。緐其子孫，而安樂之。太平之鄉，進賢之里，青木之原，葬從先子。

〔一〕嘉靖本題作《承議郎致仕李府君墓銘》。

〔二〕樂信樂義：《豫章先生遺文》卷七作「樂信義」。

4 通直郎張修孺墓誌銘

君諱公邵，修孺字也，蜀州江原人。自其上世傳爲漢留文成侯張良之遠孫。良之侯於留，傳國至子不疑，坐與門大夫殺故楚内史而國除，家稍堙替。至晧爲漢司空，又顯，於良爲六世孫，實興於犍爲武陽，而賜葬於河南〔一〕。皓子綱爲御史，在漢安時所遣八使中〔二〕。上奏梁冀有無君之心，凡十五事。冀以爲言直，不敢害，出爲廣陵太守，有異政，卒廣陵而歸葬犍爲。其後絶譜。君之居江原六世矣。曾大父延禕，大父文正，皆不仕。父中理，郡中推其學行，舉遺逸，不起，就拜將作監主簿，累贈太常博士。生七子，皆舉進士，入仕者五人，長公裕最知名。君於兄弟中號爲孝友，才器能任事，而得仕最晚。初調昌州大足縣尉，舉瀘州瀘川縣主簿，閬州蒼溪令，用提舉茶事程之邵舉遂州觀察支使，知雅州名山縣。改通直郎、知盧山縣。以紹聖四年十月丙戌卒于家，享年六十八。卒之明日，盧山敕乃下。君雖在下位，遇事不姑息，務盡道理，以律令與民情，權其重輕。爲佐以功歸於令，爲令以功與其佐。其摘吏姦伏不可請賕，請民逋負不可沮止，皆有事實，至今大足、瀘川間吏民能道之。君在官不疚於業，遇物之智有餘，常先見其盈虚，有化有居，已而富十倍。然能用其財，不似富賈人入而不出，卹孤拊貧，甚有恩意。蜀中賢士大夫常以君視朝中貴人，以爲誰之不如。而不偶如此，未嘗不歎息也。夫人句氏，唐安先生某人之女，能儉能勤，族人宜之，實配令德，不幸後君三年亦卒。二男，曰瀞，曰湜。一女，嫁新神泉令李瀞。將以某年某月某日，舉君及句夫人之喪，葬於其縣之清陽鄉太常之墓次，而來乞銘。銘曰：

齪齪小謹，於民爲瘝。乾没大侵，挾吏爲姦。乘時射勢，得名得位。吁嗟惟君，以民論法，法不得病民；以廉御吏，吏不得病民。仕不出州縣，其又誰怨？其小者試於已然，其大者齎以下泉。我銘其丘，以告萬年。

〔二〕而賜：原無，據《豫章先生遺文》卷七補。
〔三〕八使：原作「入使」，據《豫章先生遺文》改。

5 潘處士墓誌銘

處士諱萃，字信夫，享年七十有二。其先河南潘氏有諱季荀者，仕唐昭宗爲太僕卿，兼御史中丞、五嶺催勘使。行部至長樂，愛其山水而家焉。太僕生仁杲，爲殿中丞。世亂，王氏擅閩粤，皆家居，不宦游。殿中生吉甫，入朝爲國子博士，贈工部侍郎。工部生衢，爲屯田郎，治數郡有聲。其甥劉彝，嘗稱其外家政事，雖古之良吏不能遠過也。蓋嘗通判黄州，子孫遂不能歸也。屯田實生處士，嘗舉進士，不能受有司繩墨，因棄去。當以父任得官，又推與其弟，獨浮沈酒間。與人無貴賤，皆去畦畛。赴人急難，不遺力也。人或怒罵與絶，從而謝之，傾倒不留纖介。昆弟破散父時資産，至無一錢，處士未嘗以爲言。其處憂患，如舟人安於水，未嘗險焉。娶國子博士李餘慶之女，有才智，能殖其家，故處士落魄而不困。生六男子：鯁，吉州軍事推官；幼子祖述，吉水尉；仲丙、叔匪、季原皆舉進士，而匪早卒。二女子，嫁著作郎羅紹、黄岡尉萬淵。孫男十有四人，曾孫男女三人。處士卒以元祐三年六月某甲子，葬以某年八月某甲子。兆于黄岡之方步原，李夫人祔焉。處士孫大臨有藝學，與予游，狀處士平生來乞銘，曰：「將坎石于墓前。」遂爲銘曰：

不髟髟於欲得，與世異邪。彝酒而不溺於酒，不彫而有特操邪。取予喜怒若過，而皆得情而不校邪。世故不驚其胸次，年耆而不耄邪。可爲智者言，而難爲俗人道邪。

6 章處士墓誌銘

餘干章公弼，狀其大父平生來告曰：維大父少孤自重，居鄉黨，有所不爲，與人立然諾，不能容人之惡，務於衆人中辱之，得其折服，後遇之如骨肉。治家如官府，視瞻無邪，言行有物。歲饑，里中閉糴，獨發廩，取中價。年七十，致家事，浩然肆志，往來江湖林嶺間二十年。不知其所以養心之術，但見其臨世故逆順常自得也。元豐八年七月庚戌，寐不以時興，家人起視之，則終矣，實壽九十有二。公弼之父哀不勝喪，故使公弼來乞銘。公弼好學有文，擇士而交，吾友李寀德素與之游舊矣，故予銘。處士諱應全，字保之。三世而上，丘墓與予鄰邑。祖淑、父文初不出田間，今葬餘干之冕山。夫人魏氏，前没三十有四年。子元昶、元徹，早卒。元長，公弼之父也。季曰元忠。女子嫁史實、曹僅、史君卿、董弼、周彦。孫十有七人，曾孫三十有八，玄孫二十有五。元長事親孝，能奉治命，喪不受賻，葬不踰禮。既作冕山，甘露降松竹。其揜坎用元祐元年十月丙午。銘曰：

維此冕山，毓竹與松。卜藏固安，維子孝恭。不疾者己，不争者彼。其他也不懼，吾知以此。遺其來雲，有墓孔云。圖銘不朽，有孫孔文。

7 青陽希古墓誌銘

君諱簡，字希古，井研之青陽氏也。青陽氏本洛陽，唐末有尚書虞部郎中某者，官於蜀。中原亂，不能歸，留居井研，煮鹽爲富人。自虞部至君八世矣，凡巴蜀之青陽，皆以井研爲宗云。君曾大父賓、大父暠、父倚，皆晏安於富饒，不求宦達。至君始築書館，使子弟皆就學。門無留賓，終日弈棋飲酒，未嘗有倦客之色，内外族姻待之以炊者數十家。或以僞券取其金，君與金而焚其券。或爲君行錢而負之，君折其券，終善遇之。好讀史書，每爲客道前世成敗、古人賢不肖，亹亹然不倦。又好讀律，能通法意。鄉鄰訟者多决於君，君爲道「如是可，如是不可」，多以君言解而不争。嘗爲書遺子孫曰：「禮士當盡心，卹貧當盡力。公法不可不畏，租賦不可不時。斗斛權衡入十二而出十九，此富家之常，必有餘殃在子孫，汝輩不可不戒。」觀其言，可知其智矣。享年七十有九，人猶以爲不壽。娶員氏。生四男，曰升、賁、孚、革。四女，皆擇人而歸之。後娶黄氏。君卒以元祐五年之仲夏，而葬以元符三年之仲冬，其壟在虎頭山。銘曰：

顯允希古氏青陽，無爵於朝德於鄉。富屋賓至龜縮藏，君門日闢延四方。舉棋行酒笑滿堂，力耕無年是無傷。孫曾秀孝列雁行，不嬉于塵學于黌。虎頭山前松柏蒼，後將築宫隧虎羊。

8 史端臣先生墓誌銘

史君端臣，眉山名士也，諱直躬，以禮義處鄉鄙，壽六十而卒。後十五年，其子天常乃克窀穸之事，而來乞銘。維史氏世有版於眉山，去朝廷遠，習聞五代亂離，其豪俊伏匿田間，不樂仕宦。淳化、咸平七年之間，李順、王均再亂蜀土，豪右族姓一切被害，以軍職羈縻用其財。史氏悉散其倉廩而自匿，不汙其亂，以義節稱鄉里。有諱褒者，及其弟襄，皆登進士第，人以爲史氏實有陰功隱德。而褒仕至屯田員外郎，贈其父昌遂大理寺丞。端臣，大理之孫，屯田之子也。直己自行，不以秋毫挫於人，而在親側能致其孝，居喪能致其哀。屯田耿介，在官不聽子弟到官舍，惟端臣以寡過，得從容問寢膳。其居里中，卹内外族姻之孤，恩施有終始。不幸而病緩，五年而後没。將没之歲，作詩喻其子以死生之説。夫人成氏亦有賢行，後端臣九年亦卒。天常有氣節，以經術授諸生，多有登科者。其丘在青衣之連珠岡，大理君之塋次。其藏以元符三年十一月丙午。銘曰：

深耕疾耘，有不逢年。力義力仁，卒老于田。孝悌任恤，是亦爲政。連珠之丘，來者致敬。〔二〕

〔二〕原注：「右皆家傳。」

9　南陽主簿黄夢升配温夫人墓誌銘〔一〕

夫人太原温氏，南陽主簿字夢升之配也。年若干，歸于我家。事尊章應禮，在等夷不争，接幼少慈惠，遇使令款曲。夢升豪氣藐四海，下筆成文章，貫穿百家事，辭妙見萬物情狀。在南陽時，自以身與闒茸俯仰，心荚琰如含飯欲噦。平生與歐陽文忠公友善，而文忠公譴逐，奔走夷陵，乾德間，不能有益，夢升徒呴沫相哀。會陽夏謝希深來守鄧，歎賞其才異甚，納以禮意。夢升亦自以得知己晚，方盡書平生所爲文歸之。不幸希深下世，夢升懷悉書火於柩前，哭不任其聲。數日夢升亦捐館舍，享年才四十二。夫人懷保抱攜，歸葬故郡。艱苦淡薄綿四十年，無以家而不愠，若將墜而不悔。及見子庾、孫公器登仕籍而終。其生以咸平庚子，其没以元豐癸亥。子男四人：齊、敦、庾、夔。敦早世，庾假承務郎。女二人，嫁通直郎余亶、試將作監主簿南宫日休。孫男十人：公器，宣德郎、知衡州常寧縣；公才、公概、車、公範、軒、公弼、公介、公準皆讀書〔二〕。女若干人。夫人家鄂之崇陽，父諱可賢。夢升諱注。没之歲某月某甲子，兆于巉田之吉卜。叔父謂某曰：「吾與庾、夔、公器等謀銘先夫人，莫宜於汝。」某哭再拜而銘。銘曰：

百夫之雄，憒世而傾，棄捐嫠嬰。惠柔之嫠，雛養懷繃，迄覲厥成。終没吾世，不對不侵，以好其德音。築丘巉田，其原膴膴，安樂永久。當身不讐，福禄在爾後，萬家置守。謂我不信，迨其興也，則莫余敢侮。〔三〕

〔一〕嘉靖本題作《宋故南陽黄府君夫人温氏墓誌銘》。

〔二〕按「孫男十人」，以上才得九人，疑有脱誤。

〔三〕原注：「右家藏真蹟。」

10 歸進士陳叔武黄氏夫人墓誌銘

夫人豫章黄亞夫之女，天資婉嫕，似不能言，而婦功女德，姑姊妹皆稱述之。早孤，能甘貧賤。年二十，母壽光李夫人，以嫁進士陳槩叔武。相其夫以義，未嘗言家貧仕晚也。事其姑樂夫人。樂夫人學問明智，常稱夫人事我如我事先姑也。不幸早世，年三十有三，樂夫人哭之甚哀。一男子，曰騫，未免於懷，樂夫人力教之，今幸能知書。夫人没後五年，樂夫人捐館舍，叔武乃克祔夫人於淮安之原先姑之墓次，使騫來請銘。夫人視予同母兄也〔一〕。於是壽光夫人年七十有二矣，哀念夫人如新，故勒銘以寄哀。銘曰：

怡聲柔色，升堂饋食。齋莊吉蠲，于祖籩豆〔二〕。近賢遠恥，相其夫子。宜壽而禄，乃逢不若。宜壽者已，不若者天。從姑卜宅，安固萬年。〔三〕

〔一〕按「夫」字上原有「曰」字，據《豫章先生遺文》卷七删。

〔二〕籩豆：按「豆」字與「蠲」不協韻，疑本作「豆籩」。

〔三〕原注：「右有石刻。」

11　青神程氏夫人墓誌銘

夫人程氏，父宇〔一〕，青神人。年十四〔二〕，歸同縣蔡君德永。舅之黨皆稱其能敬，姑之黨皆稱其能順。閨閫中事，雖巾韈間，亦得其所。持舅姑之喪也能敬能哀，同里皆慕悦之。夫死，而三男三女未嫁娶。夫人能儉能勤，立蔡氏之門户，斥賣笄珥，命子祥蓄息之。

祥奉承家政，無秋毫不關夫人。以是二十餘年，而蔡氏爲戎州富室，同里無與争長者。家富矣，命諸孫無敢不學。故其孫梅、楫同時與薦書，而椐、相、桓、權、桐、椿輩皆好文學。享年七十有二。其没於紹聖之元八月某甲子，其葬於元符之末十一月某甲子。其壟在南溪之鐵盤山，從先人之兆也〔三〕。三男子：長則祥，次高，次祺。三女：二早卒，其季婿曰陳章。初，夫人之王舅贊，避王均之亂，客於荆楚，數年乃歸。其伯父王某不悦，曰：「汝等恐懼，則輕去鄉里，安樂則來同生貲乎？」贊性剛，因盡推其財，策杖來客於僰道。夫人之父曰：「本歸蔡氏，爲其富也。今則窶子，又何從焉？」夫人辭曰：「爲蔡家婦，大人命也。死生同之，況貧富乎！」嗚呼，可謂賢矣！夫人之孫相從予學，其言行可親也。因以眉山石君瀣狀夫人之本末來乞銘，擇其可傳後者爲誌而銘之。銘曰：

被服祈祈，采饋于堂。族姻粲然，賀其尊章。骨立癯癯，執喪于室。鄰里焦然，憂以毀滅。前富後貧，不二其初。訖于既富，勤儉不渝。南溪之岡，毓松與柏。伐山作宫，壽歲千百。勒銘瘞中，用詔無期。孫曾其興，德源在兹。

〔一〕宇：原作「某」，據《豫章先生遺文》卷七改。

〔二〕十四：原作「四十」，據《豫章先生遺文》乙正。

〔三〕先人：原作「夫人」，據《豫章先生遺文》改。

墓表

12 蔡致遠墓表

有宋。族姓子，能自拔於俗，盡心於學。其作文，能不溺於俗，盡功於奇。死年二十六，不遂其志。青衣蔡致遠之墓〔一〕。

〔一〕「青衣」句：原無，據嘉靖本補。以下均仿此。

13 周景和墓表

有宋。唐安山川秀氣，幼而能古文〔一〕，長而有立志。不幸年二十而没，不盡其才。晉原周君景和之墓。

〔一〕文：原作「人」，據嘉靖本改。

14 新津周君無晦墓表

有宋。近親受寄其母之財，匿不償，而君不訟。諸兄共析其父之田〔一〕，多自與，而君不争。賢哉！新津周君無晦之墓。

〔一〕兄：原作「君」，據嘉靖本改。

15 李君德元墓表

有宋。讀書知行，其教子能命以義，言純師，行純表。李君德元之墓道。

16 楊君希節墓表

嗚呼，有宋。擇里處仁，教子以義。四方游士，以爲依歸。青神楊君希節之墓。

17 成都趙夫人墓表

成都范祖堯之母趙夫人，幼孤而知詩書，早孀而能禮義，斥簪珥以教其子，叔求異炊而不争財，可謂母儀婦師者邪！眉山張剛名其坎曰：「海塵山磨〔一〕，誓義不渝。」嗚呼，夫人之事夫，天曠地遠，倚門而死，哀哉！夫人之教子，江南老人曰：「嘻，盡之矣！」故書以表夫人之墓道，俾來者致恭焉。

〔二〕塵：原作「廪」，據《豫章先生遺文》卷七改。

18　智氏夫人墓表

有宋。能貧，學以詩禮，授其二子綱、鎮。鎮文亦奇。智氏夫人之墓道。

19　崇德縣君司馬氏夫人墓表

有宋。能脱簪珥資其夫入太學，遂成其名。不幸年二十四歲而死。崇德縣君司馬氏之墓。

20　宋氏夫人墓表

有宋。爲妻能令，爲母能慈。生子堂、發、逢，皆好文學。龍游宋氏夫人之墓。

21　吕夫人墓表

有宋。五子出家，一子爲人天師，摩邪同願力。開封吕氏夫人之墓。

22 唐元夫墓表

有宋。力生勤家，不以累二弟，使皆從進士。承顔養志，盡孝於後母，使慈之如己出。唐元夫之墓。〔一〕

〔一〕原注：「右各有石刻。」

宋黄文節公全集·别集卷第十一

雜著

1 引連珠

臣聞一雨所濡，大小之生異類；一氣所殺，剛脆之質不同。所以聖人因物以盡性，神道設教而無功。

臣聞千里運糧，非一牛之力；梓慶成鐻，非一削之功。是以賤能則智者困，欲遠則巧者窮。

臣聞五種不美，未嘗易田以耕；百度陵遲，何必變化而治。蓋不役於物者不絶物，不制於俗者不離俗。是以手足以得輕重而任權衡，目可以察曲直而付繩墨。

臣聞人主治國，在制法，在擇相。法不法，在易相。相非人，下陵上。是以仲尼用魯，不使飲羊以誣民；趙高事秦，至於指鹿而欺君。

臣聞析薪者求其理，法古者師其意。堅白則一物不察，損益則百代可知。是故物有倦而思通，聖人必改作；事有簡而易致，道家貴因仍。

臣聞宮商唱和，乃知鍾律之前；聖賢夙期，不拘聘幣之末。故致精難以言説〔一〕，妙契參於自然。《易》曰：「鳴鶴在陰，其子和之。」

臣聞舜禹不世，忠邪共朝；良樂未逢，駑驥同櫪。是以匠石之手易揮，郢工之質難得。

〔一〕致：嘉靖本作「至」。

2 長短星歌

正月虎，七澤陰風無避處。少年射殺白額歸，二十一歲賜旗鼓。

二月兔，翰墨功名歸四杜。中山毛遂定從還，十九上客誰復數。

三月龍，定力降來一鉢中。昇騰便欲致雲雨，十六開士觀雲風。

四月蛇，九蛇相輔成晉家。屈原《離騷》二十五，不及之推死怨嗟。

五月馬，十五《國風》多詠寫。漢將西極天馬來，二十五城不當價。

六月羊，十歲小兒牧道傍。他年叱石金華路，二十年前身姓黄。

七月猴，恒山八命列封侯。當年傳國一十二，想是衣冠騎士牛。
八月鷄，二妙靈臺向曉啼。五更風雨十八九，殘月昏昏信可期。
九月狗，三窟深坑四荒走。暮歸得兔十六七，黄盧朱雀皆在後。
十月豬，白頭一笑獻士夫。殺身願爲魯津伯，中封蘭王十四都。
十一月鼠，列十二辰配龍虎。二十二年看仙飛，一朝化作蝙蝠去。
十二月牛，百户椎肥醉九州。角端圍寸二十五，良弓之材牛帶牛〔一〕。

〔一〕帶：原校：「帶一作戴。」《豫章先生遺文》卷五作「載」。

3 論謝愔

謝愔字公静，才氣過人遠甚。初舉賢良，而值罷賢良。平生治《春秋》，胸中甚落落，而值罷《春秋》。晚作鄧州職事官，值看詳訴理所言，愔元祐中訴父無罪被黜，褫其官棄之。士生而三不過，白髮蒼頭，亦可以安林泉，而不得罪於「不仕無義」之論矣。

4 論詩帖

陶淵明詩長於丘園，信所謂有味其言者。吾嘗見梅聖俞誦唐人詩云：「雀乳青苔井〔二〕，鷄栖白板扉。」聖俞甚愛此句。柳子厚詩云：「渚澤新泉清。」淵明云：「平疇交遠風，良苗亦懷新。」此句殆入妙也。

〔二〕苔：原作「笞」，據《豫章先生遺文》卷五改。

5　戒讀書

四民皆當世業，士大夫家子弟能知忠信孝友斯可矣，然不可令讀書種子斷絶。有才氣者出，便當名世矣。〔一〕

〔一〕原注：「右有石刻。」

6　論作詩文

新詩日有勝句，甚可喜，要當不已，乃到古人下筆處。小詩文章之末，何足甚工？然足下試留意，奉爲道之：詞意高勝，要從學問中來爾。後來學詩者時有妙句，譬如合眼摸象，隨所觸體得一處，非不即似，要且不是。若開眼，則全體見之，合古人處不待取證也。作文不必多，每作一篇，要商確精盡，檢閲不厭勤耳。舉場中下筆遲澀，蓋是平時讀書不貫穿也。宜勉强於學問，歲月如流，須及年少精力讀書，不貴雜博，而貴精深。作文字須摹古人，百工之技亦無有不法而成者也。但始學詩，要須每作一篇，輒須立一大意，長篇須曲折三致焉，乃爲成章耳。

7 又

讀書要精深，患在雜博。因按所聞，動静念之，觸事輒有得意處，乃爲問學之功。文章惟不搆空强作，詩過境而生，便自工耳。

8 又

所諭漏屋飯蔬而有自得之色，甚善甚善。然猶世俗計較尺寸太多，似未善也。萬事不可意，古人遂以成聖哲。安樂温飽，君子所畏也。

9 又

吟詩不必務多，但意盡可也。古人或四句兩句便成一首，今人作詩徒用三十五十韻，子細觀之，皆虛語矣。要須意律，諒田夫女子皆得以知之。蓋詩之言近而指遠者，乃得詩之妙。唐人吟詩絶句云：「如二十箇君子，不可著一箇小人也。」唐詩僧《吟草》詩云：

「時平生戰壘，農惰入春田。」如此語，少時常記百十聯，思其的切。如此作詩句，要須詳略用事精切，更無虚字也。如老杜詩，字字有出處，熟讀三五十遍，尋其用意處，則所得多矣。

10 又

凡人修學，惟節略今人文字，似無益於用。不若熟讀班固《漢書》，自首至尾，不遺去一句，然後可見古人出處。疑則闕之，當求明師益友以講習也。王定國謫金過戎，因出數十篇文字。予謂定國曰：「若欲過今人則可矣，若必欲過古人，宜盡燒之，更讀十年也。」定國詩極有巧處，然少本也。余自謂作詩頗有自悟處，若諸文亦無長處可過人。予嘗對人言：「作詩在東坡下，文潛、少游上。至於雜文，與无咎等耳。」

11 又

讀書不必務多，若能精一，遂可貫諸經矣。至於寫字亦如此，少寫須有常度，亦不可錯也。〔一〕

〔一〕原注：「右皆家傳。」

12 論作字

晁美叔嘗背議予書「唯有韻耳，至於右軍波戈點畫，一筆無也。」有附予者傳若言於陳留，余笑之曰：「若美叔書，即與右軍合者，優孟抵掌談説乃是孫叔敖也。」往嘗有丘敬和者，摹放右軍書筆意，亦潤澤，但爲繩墨所縛，不得左右。予嘗贈之詩，中有句云：「字身藏穎秀勁清，問誰學之果《蘭亭》。大字無過《瘞鶴銘》，晚有石巖頌中興。小字莫作癡凍蠅，《樂毅論》勝《遺教經》。隨人作計終後人，自成一家始逼真。」不知美叔嘗聞此論乎？南昌黄魯直題。

13 又

敷道人作大字，筆勢已遒勁可愛，但肥字須要有骨，瘦字須要有肉。學古人書隨其工處。今人學書肥瘦皆病，又嘗偏得其人醜拙處。如今人作顔體，乃其粲然者。江南太史氏黄庭堅書。

14 又

大字今都不見右軍父子遺墨，欲學書者，當以丹陽《瘞鶴銘》字爲則。大字難爲結密，

唯此書無點檢處。顔魯公書《宋開府碑》，瘦勁端重，極近之。〔一〕

〔一〕原注：「右見石刻。」

15 又

學書欲先知用筆之法，欲雙鉤迴腕，掌虚指實，以無名指倚筆則有力。古人學書不盡摹，張古人書於壁間，觀之入神，則下筆時筆隨人意。大抵書字欲如人有精神，細觀之則部伍皆中度耳。

16 墨説遺張雅

曹魏時，有大臣韋仲將，德性高明，多能鄙事，其所作墨如點漆。今觀其法，和煤外止用丹砂，大要是膠法妙。墨法須自煮膠，膠浸自牛皮，盡割去連脂膏處，又割刮去毛毫，皆上墨也，片切熬成，即用和煤，此名第一膠。若乾，取他日水解之用，即名第二膠。膠入水二，墨成不作膠氣，使用亦不滯筆，此上工也。梓潼張雅不能和煤，而善作叵勝煤。蜀無佳墨工，如雅不易得也，故喻以古人法。余聞雅亦參禪問道，欲入九流，然但禮拜無眼阿師，隨杜撰道人談金丹，恐只虚生浪死耳。

17 筆説

歙州吕道人作墨池，含墨而鋒圓，佳作也。宣州諸葛家撚心法如此，唯倒毫净便是其妙處，蓋倒毫一株便能破筆鋒爾。宣城諸葛高繫散卓筆，大概筆長寸半，藏一寸於管中，出其半削管，洪纖與半寸相當。其撚心用栗鼠尾，不過三株耳，但要副毛得所，則剛柔隨人意，則最善筆也。栗尾，江南人所謂蛣蚙鼠者。歙州吕道人非爲貧而作筆，故能工，於是以此授之。黟州道人吕大淵，心悟韋仲將作筆法，爲予作大小筆，凡二百餘枝，無不可人意。因見予家有割餘狨皮，以手撼之，其毫能觸人手，則以作丁香筆。今試作大小字，周旋可人，亦是古今作筆者所未知也。往在僰道〔一〕，有嚴永者，蒸獺毛爲予作三副筆，亦可用，然永未嘗知筆中善病，不能爲他人作字也。大淵又爲余取高麗猩猩毛筆，解之，揀去倒毫，别撚心爲之，率十得六七，用極善。乃知世間法，非有悟處，亦不能妙。

〔一〕在：原作「作」，據嘉靖本改。

18 又

張遇丁香筆，撚心極圓，束頡有力，可學徐季海《禹廟詩》字，侍其瑛、諸葛元皆不能也。作藏鋒筆寫如許大字，極可人意，最妙是鋒少而有力也。

19 金巖石研説

初，石工不善作墨池，内外壁立，出墨瀋難，又常沮洳敗墨。元符三年二月，嘉州李堯辨爲予琢兩石〔一〕，壁皆陵夷，乃便事。紹聖四年春正月雨水，故人蓋明仲守萬州，爲予斵金巖石作此研。

〔一〕琢：原作「作」，據嘉靖本改。

20 瀘州桂林石研説

瀘州桂林之石，其材中研，瀘人不能采，而富義之民采之。所謂楚國有材，晉實用之。工李辨琢此研，窪埡皆中度。

21 惠王子均研説

涪翁用桂林石作此研，惡其太重，故刳其腹，至荆州以贈王子均。

22 金崖研作覆斗説

紹聖四年正月雨水，故人蓋明仲守萬州，爲予劚金崖石作此研。堅潤宜筆墨，而魁梧難爲室，乃作覆斗，使之不塵。

23 封植蘭蕙手約

山谷老人寓筆研於保安僧舍，東西窗外封植蘭蕙，西蕙而東蘭，名之曰清深軒。涉冬既寒，封塞窗户，久而自隙間視之，鬱鬱青青矣。乃知清潔邃深，自得於無人之境，有幽人之操也。余既獲譴走宜州，則以蘭二本、蕙八本付寺僧文質守之，幸爲卒調護之。有士大夫欲遷而去者，可以此券示之。崇寧二年十二月丙午，山谷老人手約。

24 金液珠説

開封祝天貺屈蜀紙輌流金液作珠，逡巡而成丹，揖讓而起疾病。蓋此石性能温中而實下，推陳而致新，陽物也而濟以火，則其温中也易爲功，清明者下而成珠，其坠與石則止〔二〕，故不凝滯而爲疸。予異之，誠有補於衰朽而不疾人，故書其説以遺之。

〔一〕 坐：嘉靖本作「坔」。按坐與沙同；坔，滓也，並通。

25 棋經訣

初下十子以來，進未可謀殺，退未可占地，各逐其宜，以求有力，此立理之道。下及三十子以後，布置稍定，須觀局之强弱，或占地，或刑剋，必觀於利，此乃行用之時也。殺不必須得〔一〕，地不必須破，占不必廣，此三者取捨之道。棋之所切，無出於勝。儻或局勝，專在自保。或局弱，即須作行。然作行須是敵人有釁，無釁而動，必敗之道也。棋之機要，多在外勢。取局之要，在於鴻漸。棋有三敗：一者欺敵，二者不辨局，三者多錯。又有六病：一者貪殺，二者取捨不明，三者無劫興劫，四者苦覓奇行，五者知微不妨，六者稍勝望籌。棋之大要，先手不可失。局初有大利〔二〕，方可棄之；局中有倍利，方可棄之；局末有不得已，方可棄之。古之經訣，皆述簡易，貴於立理。先爲不可勝，以待敵之可勝。或逍遥得極，高道自樂，終局雅淡，是其長也。

〔一〕 不必：原作「必不」，據《豫章先生遺文》卷五改。
〔二〕 利：原作「地」，據《豫章先生遺文》改。

26 論俗呼字

藞郎假切苴音鮓，泥不熟也，中州人謂蜀人放誕不遵軌轍曰川藞苴。〔一〕

〔一〕原按：「苴，舊本訛直。按藞苴，泥不熟貌。后玉茗填詞云：繞堘堘春色藞苴。」

27 又

「孔子於鄉鄙，恂恂如也。」漢碑今在者多書「黨」作「鄙」。「恂恂」，凡古人書，複語則書二字。今人或於字下作一點或兩點，皆非也。

28 又

橙，橘屬也。棖，門兩旁長木也〔一〕。司馬相如《上林賦》曰：「黄柑橙楱〔二〕。」《玉藻》曰：「君入門，上介拂棖〔三〕。」楱音太簇之簇，武陵有一種小橘，名楱，疑即今之金橘。今人書凳丁鄧切爲橙，非是。

〔一〕門：原脱，據《豫章先生遺文》卷五補。

〔二〕柑：原作「江」，據《豫章先生遺文》改。

〔三〕棖：原作「橙」，據《禮記正義》卷三〇《玉藻》改。

29 又

臬音烈臯音挈，多節目也。其胸次不坦夷，舉事晝計，務出獨見，以乖迕人爲賢者也。

30 又

傀儡戲，木偶人也。或曰當書「魁礨」，蓋象古之魁礨之士，彷彿其言行也。

31 又

袈裟，天竺道人衣也。梵語本云「迦羅沙曳」，此云不正色。佛律云：道人不得著一切上色衣，當染作迦沙色。此譯師書律時略梵語也。至梁葛洪撰《字苑》，下皆著言道服也。

32 又

傝音塔偞音鞢，物不蠲也，蜀人語。

33 又

銃充仲切䨻蒲迸切，使令人不循謹便利也。

34 又

⿰亻掌初孟切，士大夫容貌不恭順，應對不雅馴也。

35 雜論

燕人膾鯉，方寸切其腴以啗所貴。腴，魚腹下肥處也。故杜子美詩云：「偏勸腹腴貴年少。」

36 又

《醢人》云：「羞豆之實，酏食糝食。」鄭司農云：「酏食，以酒爲餅。」賈公彥云：「酏，粥也，以酒酏爲餅，若今起膠餅。」鄭司農云：「糝食，菜餗蒸。」賈公彥云：「若今煮菜謂之蒸菜。」起膠餅蓋今炊餅，蒸菜蓋今裹鯖邪？蜀人凡果蔬皆漬之醯中以爲蒸餗〔一〕。《周官·醯人》云：「醯人掌五齊七菹。王舉，則供齊菹醯物六十甕〔二〕。」齊即韲也，豈蜀人尚有古風邪？

〔一〕中：原無，據《豫章先生遺文》卷五補。

〔二〕六十：原作「六千」，據《豫章先生遺文》及《周禮·醯人》改。

37 又

在旁曰帷，在上曰幕，四合象宫室曰幄，坐上承塵曰帟。凡言設大次小次者皆幄也。大次在壇壝之外，小次去壇遠矣。

38 又

凡言「貨賄」，金玉曰貨，布帛曰賄。貨自然物，賄以人功乃成。

39 又

水鍾曰澤，澤無水曰藪。

40 又

上於下曰賜，下於上曰獻。若尊敬前人，雖上於下亦曰獻。通行曰饋，上於下、下於上及平敵相與皆可曰饋。

41 又

《大司徒》：「里宰以歲時合耦于耡。」鄭康成云：「耡音助者，里宰治處，若今街彈之室，於此合耦。」今昆陽城中有漢街彈碑。

42 又

《土訓》：「掌道地圖，以詔地事，道地慝。」鄭康成云：「地慝若瘴蠱然。」賈公彦云：「瘴即瘴氣，出於地也。蠱即蠱毒，人所爲也。」

43 又

《保氏》：教國子六藝，「三曰五射，四曰五馭」。鄭司農云：「五射，白矢、參連、剡注、襄尺、井儀也。五馭，鳴和鸞、逐水曲、過君表、舞交衢、逐禽左。」賈公彦云：「白矢者，矢在侯而貫侯過，見其鏃白。參連者，前放一矢，後三矢相連而去也。剡注者，謂羽頭高，鏃低，而去剡剡然。襄尺者，臣與君射，不與君並立，襄君一尺而退。井儀者，四矢貫侯〔一〕，如井之容。鳴和鸞者，和者在式，鸞者在衡〔二〕，升車則馬動，馬動則鸞鳴，鸞鳴則和應。逐水曲者，御者逐水勢之屈曲而不墜水。過君表者，褐纏旃以爲門〔三〕，間容握驅而入〔四〕，轚則不得入〔五〕。舞交衢者，御車在交道，車旋應於舞節也。逐禽左者，御驅逆之，車驅禽獸使左，當人君所射。凡君自左射。」故公彦又云：「此當先鄭别有所見，或以義而言。」以義而言則不可，言别有所見則可，又不知公彦何依據如是訓釋也。

〔一〕侯：原作「鏃」，據《周禮注疏》卷一四《保氏》改。
〔二〕衡：原作「行」，據《周禮注疏》改。
〔三〕褐：原作「竭」，據《周禮注疏》改。
〔四〕握：原作「掘」，據《周禮注疏》改。又「入」字脱，據《周禮注疏》補。
〔五〕轚：原作「繫」，據《周禮注疏》改。

44 又

《小宰》云：「聽買賣以質劑。」《司市》云：「以質劑結信而止訟。」《質人》云：「大市以質，小事以劑。」鄭康成云：「質劑爲兩書一札，同而別之〔一〕，長曰質，短曰劑，若今下手書。」賈公彦云：「漢時下手書若今畫指券。」豈今細民棄妻手摹者乎？不然，則今奴婢券不能書者畫指節〔二〕，及江南田宅契，亦用手摹也。

〔一〕同：原作「同同」，據《周禮注疏》卷三《小宰》删。

〔二〕奴：原無，據《豫章先生遺文》補。

45 又

《太祝》：「辨九㨜音拜。」㨜即拜也。一曰稽首，拜頭至地也。二曰頓首，拜叩頭至地也。三曰空首，拜頭至手，所謂拜手也。唐人書末言「謹空」，蓋空首也。九曰肅拜，但俯下手，若今時揖於至反。又曰：「介者不拜。」《左氏》曰：「爲事故敢肅使者。」又曰：「推手曰揖，引手曰揖。」

46 又〔一〕

宋子京別紙多云：「伏奉手畢。」南人謂筆爲畢，因效之，蓋以爲手筆耳。子京乃謂手簡。《爾雅》：「簡謂之畢。」《學記》曰：「呻其佔畢。」

〔一〕此條原與上條相連，今據文義分。《豫章先生遺文》另作一篇，題爲《辨畢字》。

47 又

上古之人夜則伏，常苦恙蟲食人心。故晨興相見，輒相問言：「得無恙乎？」

48 又

左思《蜀都賦》云：「邛竹緣嶺，菌桂臨崖。旁植龍目，側生荔支。」故張九齡賦《荔支》云：「雖觀上國之光，而被側生之誚。」老杜亦云「側生野岸及江蒲，不熱丹宮滿玉壺。雲壑布衣鮐背死，勞人害馬翠眉須」也。龍眼惟閩中及南越有之，太沖自言，十年作賦，三都所有，皆責土物之貢。至於言「龍目」，亦不自知其失也。「雲壑布衣」，蓋言臨武長唐羌也〔一〕。

〔一〕臨武：原作「陵武」，據嘉靖本、《豫章先生遺文》及《後漢書·和帝紀》元興元年改。

49 又〔一〕

《左傳》：子産曰「寡君之二三臣札瘥夭昏」。大死曰札，小疫曰瘥，短折曰夭，未名曰

昏。〔二〕

〔二〕此條原與上條相連，今據文義分。《豫章先生遺文》此條連於前「士訓」條後，亦誤。

〔三〕原注：「右皆家傳。」

50 又

荀卿云：「蟹六跪而二螯。」其實八跪也，蓋古人作語時有省不省耳。揚子云：「蟹之郭索〔二〕，後蚓黄泉〔二〕。」語約而寡過也。〔三〕

〔一〕之：原作「蟹」，據《太玄》卷二《鋭》改。

〔二〕蚓：原作「矧」，據嘉靖本及《太玄》卷二《鋭》改。

〔三〕原注：「右有石刻。」

宋黄文節公全集·別集卷第十二

書〔一〕

1 上運使劉朝請書

九月十六日，宣德郎、知吉州太和縣事黄某，謹再拜獻書運使朝請閣下：竊以藴知人之明者，不必左右爲之先容；懷高世之度者，能越拘攣之議。徒聞其語，今見其人。何則？小人於朝行卿士無平生之言，於左右使令無一日之雅，碌碌下邑，蓋將期年。其吏事乃庸人之所能，其學問文章則迂闊而可笑。又承秕政之後，百度無綱，負逋在民，縲繫滿獄。惟其公而寡於斷，廉而困於明〔二〕，勤而短於文，學而蔽於事，政多有偏而不舉，訟多有決而不情。簿書會期常在諸邑之後，勤苦教養僅爲細民之安。蓋所謂學製錦則敗材，代大匠而傷手者也。恭惟閣下美實盛名，出入臺省，朝廷記識，所至未嘗久淹。下車以來，百城仰首。興滯補敝，發於流水之源；舉廉摘姦，如出耳目之所及。有能有守，恃以立名；臧汙聞風，求解印紱。鞭策之下，願展足者蓋多。而使府近僚，歲滿求代，獨蒙采納擢取，無能内視缺然，承命惴恐。自非閣下能越拘攣之末議，不資左右之先容，斷以公明，何能及此？士爲知己，古人則既有言。徒恐外任舉人，已閡詔書之新格；遷官就縣，不聽他司之辟除。誠得執鞭以當指使，千慮之一，或助萬分。官守遠於門庭，竿牘未通几格，願承教約，曷勝惓惓。謹奉書達小人之情，糟粕不足以寫至意。秋暑，不審尊候何如，伏祈爲國自重。不宣。

〔二〕原注：「書宜從十三卷書簡例不必月列。乃查黄罃原跋，以書共表、奏、狀、啓計三十四。今仍之。」

〔三〕明：原作「民」，據《豫章先生遺文》卷三改。

2 代人求知書

《詩》云：「緜蠻黄鳥，止于丘隅。」「道之云遠，曷云能來？」「飲之食之，教之誨之。命彼後車，謂之載之。」其意以爲微賤之於高明之勢，情意闊疏，禮貌相絶，無因而至前。高位而有仁心，以長育人材爲己任，加誠意而求之。則行比一鄉，智效一官者，皆得以爲依歸云耳。夫必待全德君子然後用之，則雖三代之隆，聖賢相遭，不能無才難之嘆。故曰：「采葑采菲，無以下體。」[一]蓋湔祓而用之，則澗濱行潦之蘋蘩，可薦於豆籩。如加以斤斧，飾以青黄，則枯木朽株盡爲犧象之器。以某無術，得以職事奔走，備使令。恭惟閣下高明，師表一道，敦厚忠信。仁舉而義措，左公而右明，足以與能者有功；治威嚴能，足以使不肖者畏罪。如某之愚陋，宜見其底裏，豈敢飾愚暗以欺左右哉？竊不揆度，以爲潔己而不汙，敢自比於蘋蘩[二]。其材能雖薄，猶得在枯木朽株之列。然待罪節下，今將再書歲課，去此幸登吏部之格，當路諸公過於采聽而保任之，於此有垂成之勢。誠願閣下賜俎豆之餘地，不責潢汙之所從來，不愛斧斤而斲之，期於成器，捐一臂之力，使小人有黄鍾大吕之重。竊伏而思之，在尊位而有仁心，能育人材，捨門下而誰哉？干冒威嚴，不寒而栗。[三]

[二] 自：原作「不」，據《豫章先生遺文》卷三改。

[三] 原注：「右皆家傳。」

3 與蘇子瞻書

某再拜啓：春寒，伏惟知府祠部學士尊體動止萬福。頃自衛州試舉人歸，於鄭掾處得賜教，不以汙下難於獎拔，接引開納，勤勤懇懇，俯傴而忘其臂之勞。强駑馬於千里，不敢自絶，勉奉鞭勒，至於不勝任而後已耳。和詩詞氣高妙，無以爲諭。往聞執事豈弟之聲，今食其實，獨恨未有親近之幸耳。去九月到家，老兒病脚氣，初甚驚人，會得善醫診視，今十去九矣。又苦寒嗽，未能良愈，坐此不通書閣下。仰惟大雅函容，有以裁其罪。黄樓之作，名不虚生，淺短豈敢下筆？願見記刻，淹熟規摹，當勉爲公賦之。子由尚在閑處，識者所恨。伯氏往得接歡，極嘆其沈冥而游刃於世故，以爲古人不過如此。想數得安問。外舅謝師厚，外砥礪而中坦夷，士大夫間少見。暮年無所用心，更屬全功於詩，益高古可愛。數有酬和，冗未辦録上。冬春愆雪，麥根無澤，伏惟長民者未能忘憂。數舍阻於參侍，不勝馳情。伏祈動静調護利物，坐進此道。謹奉狀，不宣。〔一〕

〔一〕原注：「右真蹟藏于晉陵尤氏。」

4　答王周彦書

七月戊辰，某敬報周彦賢良足下：成都吕元鈞，某之故人也，解梓州而遇諸塗，能道滎川土地風氣之常。嘗問之曰：「亦有人焉？」元鈞曰：「里人王周彦者，讀書好學，而有高行。以其母屬，當得蔭補入仕，始以推其弟，今以推其甥及姪，斯其人也。」時僕方再往京師，見其摩肩而入，接踵而出，冠蓋後先，車馬争馳，求秋毫之利，較蝸角之名，大之相嫌嫉，小之忘廉恥，甚於群蟻之競腥。兹窮荒絶塞，其地與蠻夷唇齒，其俗以奔薄相尚，尊爵禄而貴衣冠，乃有周彦者，其古人之流乎！豈不卓然獨立於一世哉！既竊嘆其人，又喜欲與之游也。及某以罪戾抵戎僰，久之，觀棨之士樂善而喜聞道，中州弗及也，無乃周彦居西河而格其心、而變其俗，以致然邪？凡儒衣冠，懷刺袖文，濟濟而及吾門者無不接。每探刺受文，則意在目前。其周彦者，亦我過也，經旬浹而寂然，一日惠然而來，乃以先生長者遇我，而自謂何以得此於周彦者？豈以葭莩之好，齒髮長而行尊者邪？既辱其來，乃枉以書執進之，敬出其文詞，且有索於我矣。周彦迫之不已，僕安得不啓不發而有以報也？夫周彦之行，猶古人也；及其文，則慕今之人也。何哉？見其一而未見其二也，惟推其所慕而致於文而已。顔子曰：「舜何人也，予何人也？」孟子曰：「伯夷、伊尹，皆古聖人也，吾未能有行焉，乃所願，則學孔子也。」孔子曰：「吾不復夢見周公。」孔子之學周公，孟子之學孔子，自堯舜而來至於三代，賢傑之人，林聚雲翔，豈特周公而已？至於孔孟之學不及於周公者，蓋登太山而小天下，觀於海者難爲水也。企而慕者高而遠，雖其不逮，猶足以超世拔俗矣，況其集大成而爲醇乎醇者邪！周彦之爲文，欲温柔敦厚，孰先於《詩》乎？疏通知遠，孰先於《書》乎？廣博易良，孰先於《樂》乎？潔浄精微，孰先於《易》乎？恭儉莊敬，孰先於《禮》乎？屬辭比事，孰先於《春秋》乎？讀其書，誦其文，味其辭，涵容乎淵源精華〔二〕，則將沛然決江河而注之海，疇能禦之？周彥之病，其在學古之行而事今之文也。若歐陽文忠公之炳乎前，蘇子瞻之焕乎後，亦豈易及哉？然二子者，殆未嘗不師於古而後至於是也。夫舉千鈞者輕乎百鈞之勢，周彥之行，扛千鈞矣，而志於文，則力不及於百鈞，是自畫也，未之思耳。周彥其稽孔孟之學而學其文，則文質彬彬，誠乎自得於天者矣，異日將以我爲知言也。紙窮不能盡所欲言，惟高明裁幸。蒙遺疋物、芎、朮、珠子黄，皆此無有，拜嘉慙怍。湯餅之具尤奇，羈旅良濟，益佩憂愛，災患尤所不忘耳。元師能令攜琴一來爲望，莊叔之子亦可敦以詩書否？惠訊至寄聲，不宣。某再拜。

〔二〕涵容：《豫章先生遺文》卷三作「涵泳容與」。

5 上運判朱朝奉書

某再拜啓：某款啓細人，不知天下大體。結髮讀書，願以所聞與一世共之。而碌碌，行年四十，止於是而已矣。不深察者，至以爲强項而釣愛民之名，談虚而有費務之實。而閣下超越拘攣之議，獨見之於事物之表，豈與流俗人所謂知己者同日語哉！恭惟閣下忠信愷悌，自得以明己；恂達重厚，推餘以賜人。官吏進見，觀表知裏。推任所長，使皆有用；慈哀所短，不以深誅。小人以此待罪節下，再書吏考，尚爾保全。惟流俗人之相知，

市井同利，意氣相傾，許以死黨。恭惟門下何得於此？至於古之知道德之歸者所以報知己，雖固陋，敢不勉焉。〔一〕

〔一〕原注：「右皆已載蜀本。」

疏

6 聖節功德疏

天降真人，撫世而百神受職；帝臨諸夏，嚮明而萬物資生。罄率土之歡心，奉同天之令節。祗臨普供，法施圓成。伏願皇帝陛下聖德日躋，神功時邁。文明在御，同符十力之尊；福禄來崇，茂對三祇之永。

7 祭醮青詞

惟上帝垂高明之鑒，於萬物有父母之心。日月照臨，不漏絲髮；雷霆作解，滌除咎愆。齋戒之誠，物或微於一勺；疾痛之苦，聲必達於九關。雖三災彌綸，俯存行業；而一心懺悔，仰望慈雲。伏惟左右萬靈，清明同德。普垂争祐，曲庇餘齡。

8 玉山祈雨文

謹以清酌時羞之奠，致告于玉山之神。作鎮此邦，能出雲雨。食口十萬，實依神休。乃六月交，稻方水耨，旱乾無澤，西南其風。雨將愆期，民則無歲。怨嗟盈野，豈神本心？某職思其憂，敢用控告。神其呼吸明晦，風馬雲車，行天作霖，百里多稼，享民報事，豈不休哉！

9 智海禪院大殿功德疏

華岳三峰，基從累土；舳艫千里，源發濫觴。積之豐屋蔀家，求者繫風捉影。及此天臨日照，誰不舉手低頭。大衆今日一會，還當得佛事也無。若道當得，爲甚麽諸人開眼不見佛？若道當不得，太平上座草鞋楼笠，踏破紅塵，可不是佛事？朱祁居士及諸檀越信手拈來，盡成金碧，可不是佛事？堂中清衆鬚除補洗之餘〔一〕，化爲天蘇陀饌，可不是佛事？雖然，諸人各各將來杓柄，輸他典座，不可酸鹻裹皺不著〔二〕、不托裹撥不著去也。直須剔地成江〔三〕，三就作穨。臘月二十二，特地滿城春，晨鐘暮鼓兩足尊，千秋萬歲聖天子。謹疏。

〔一〕鬇：原作「鬅」，據《豫章先生遺文》卷六改。

〔二〕蹥：原注：「音咸，上聲。」

〔三〕江：原作「紅」，據《豫章先生遺文》改。

10 智海塑造佛殿功德疏

畏鷹之鴿，依佛影而清涼；失水之魚，聞法音而解脱。故此如來名相，皆爲入道門庭。但能隨喜莊嚴，悉受當來記別。四山相逼，三界無安。象教之中，法檀爲上。

11 慧林修寢堂僧堂疏

百丈中天之臺，基初於累土；萬牛回首之木，可致於通津。總其成功，實出衆力。今此方丈之室，安衆之堂。取辦一時，或牆高而基下；閲兹十稔，既上雨而旁風。能令鼎新，付在檀越。夫沙門者，剃頭洗鉢，坐夏過冬，身如浮雲，何有定所？雖然，老翁種木成陰，以待後人；貧女獻花遇緣，不可空過。

12 和州褒禪溥長老開堂疏

法法不隱藏，諸佛尋常出現；人人自具足，祖師所以西來。止爲門外貧兒，天然外道。自無分珠宫貝闕，只認得馬後驢前。要須本色衲僧，指出現前佛性。慧空寶刹，舊店新開。竊聞長老溥公櫝玉藏輝，自埋於俗。法雲澍雨，今正其時。水是水，山是山，提起雲門拄杖；行即行，坐即坐，截斷褒禪脚跟。不惟驚法海之魚龍，亦以潤太平之草木。

13 請黄龍慶老疏

大乘講師面牆頓教，小根魔子裨販如來。邪法峥嶸，如惡叉聚；正宗淡薄，如指爪泥。病在膏肓，藥資瞑眩。況黄龍山者，無生師子之窟，不二旃檀之林。超慧之海燕雷聲，宗徒所記；南老之佛脚驢手，野老猶傳。來坐道場，屬當先覺。竊惟長老慶公，提諸佛正印，是衆生醫王。而目視雲霄，陸沈丘壑。諸方勸請，堅拒不回。宴坐十年，草深一丈。是必能射不射之手〔一〕，爲無爲之功。若然者，三七日中能仁，即非聖事；五十六億慈氏，不當下生。伏冀開枯木之花，重光祖席；發窮源之水，大佈慈雲。於此同時，但沾法味。

〔二〕能射不射之手：《豫章先生遺文》卷六作「能射之手」。

14 代蘇魏公以因聖寺爲報親院請主僧疏

伏以因聖得名舊矣〔一〕，報親自天錫之。山月林扉，或改衆人之觀；粥魚齋鼓，豈異向時之聲？舊住長老澄公〔二〕，透黄龍之三關，用臨濟之一喝。獨以道爲伴侣，不隨世而陳新。瓶水鑪香，終借松楸之潤；曉猨夜鶴，將從杖屨之遊。所冀謙光，曲從勸請。

〔一〕伏以：原無，據《豫章先生遺文》卷六補。
〔二〕澄公：《豫章先生遺文》作「潛公」。

15 雲巖律院打作十方請新長老住持疏

雲巖打作十方，新長老來住道場。麒麟不可捕狼，驅除分付當行。量才補職，宜辨真假。監院庫主，直是官不容針；知客維那，又要私通車馬。首座必能伸於千夫之上，典座又須屈於萬夫之下。處處積炭堆柴，方可過冬過夏。澆茶必須熱湯，燒浴亦是嘻堂〔一〕。細飯飽炊飽湯，粗飯去皮去糠。響板木魚聲絶，食桶乃可過廊。不能爲衆竭力，典座卻是大伯。但知勤惰功過，局頭付在典座。若得冬温夏涼，長老端坐法堂。還把家家柱杖，浩歌一曲歸鄉。

〔一〕燒：原作「澆」，據《豫章先生遺文》卷六改。

16 華嚴修造疏

徧照如來世界海，寶嚴宮殿；趙州古佛三十年，折腳繩牀。道不虛行，理惟一味。此華嚴禪院者，昭陵皇帝百福所嚴，毘盧遮那一會如此。而丹青黯昧，土木攲傾。屬在檀那，崇兹佛事。夫沙門法者，終日喫飯，不破一米；終日著衣，不掛一絲。縱令法席重光，不動鎮州一草。若有見聞隨喜，功不虛捐。當令大衆爲白牯貍奴，念《摩訶般若波羅密》。

17 慧林齋僧疏

九年面壁，難爲作者當仁；十會談經，且下菩提種子。若生正念，即見如來。故以受持讀誦而助宗乘，牀敷飯食而作佛事〔一〕。轉八萬經卷，觸目文殊普賢；營百千僧齋，不擇旃陀舍利。普願十方檀越，同發此心。

〔一〕牀敷：《豫章先生遺文》卷六作「就牀」。

18 乞浴疏

掃除温室，醫王開種福之田；忽悟水因，童子納破塵之印。皆從願力，登濟聖功。設欲薦彼沈淪，懺波羅夷罪。或爲祝延喜慶，作阿彌陀因。即布七浄之花〔一〕，具功德一滴之水。普徧莊嚴，仁者俱能。發心如來，無不實悟。

〔一〕「花」下原注「缺」字，嘉靖本不缺，按上下文意似不缺。

19 青城山方廣院求化疏

方廣道場，昔香林遠公常於此處大作獅子吼，今楊岐之孫純公應緣出現，照破野狐窟。此兩箇没用處漢，是平等無心道人。鐘鼓之音，震驚百里；粥飯之供，蔭覆十方。凡爲當來龍華三會聽法之人，隨喜結緣，物無多寡。經云：「供養阿羅漢千人，不如供養一無心道人。」如來妙語，其實不虚。汝等施心，功德無量。

20 爲僧求化三衣疏

一人若披佛衣，三族不墮地獄。所以捨在家煩惱緣，受檀那清浄施。攝十方同入正念，雖萬金不枉秋毫。隨喜必能生喜〔二〕，知恩決定報恩。

〔二〕隨喜：原作「隨意」，據《豫章先生遺文》卷六改。

21 乞冬炭疏

道人家風，滴水滴凍。坐則蘆穿膝，立則雪齊腰。雖然凡聖同居，事無一向；要且拆籬補障，共過三冬。一句曲爲諸人，遇緣不可空過。

22 黄龍山設浴疏

三月十二日，山谷道人施清衆温浴一堂。金粟老人道：八解之浴池，定水湛然滿。佈以七浄花，浴此無垢人。且道無垢人，又浴箇什麽？於此薦得，不妨冷暖自知；其或未然，請問木皮居士。

23 設浴口語

根塵不偶，空水無依。從本光明，誰爲垢浄？我今施兹八功德水，浴此大修行人。處婆娑界中，順如來法事。然願同袍衲子，隨喜白衣，皆嚴妙觸之華，不染戒香之印。受斯法施，介我壽祺。恭惟大覺證知。

啓

24 太和到任謝監司守倅啓

伏以百里之政，古人所難；千載之間，作者無幾。誠令有道於此，不獨使民宜之。至於虎爲渡河，蝗亦去境。雖然，病在肓者，良醫未易起；旁掣肘者，善書不能工。庭堅何人，繆當巖邑。貫木索者方填牢户，争錐刀者猥造訟庭。急之則追胥匿以避程，緩之則吏史殫於惟貨。放紛熟爛，曾所未聞。自非假之以歲時，幾於無所措手足。恭惟某官，惟幾以成物之務，惟深以盡物之情。草木知有威名，風雨不愆期度。河潤九里，獲承君子之源；管窺一斑，或得愚者之慮。猶希善貸，以汔有成。

25 代韓康公回韓魏公北京到任啓

虔奉制函，典司宫鑰。責任甚重，經營是憂。大河舊治之邦，來沾餘潤；安陽仁者之里，得倚長城。馳竿牘之未遑，拜賜將之先至。柔緘入手，藏墨妙以爲榮〔一〕；善頌滿前，如謙光之獲對。恭以某官，剛健篤實，宣慈惠和。照萬里之寶臣，藩四維之良翰。雖黄堂之卧理，實錦衣之晝行。大旆高牙，已不容於瞻仰；流風善政，蓋多在於咨謀。願奉周旋，終逃瘝曠。仲月煩蘊，百嘉長嬴。伏祈相卜高明，護持興寢。

〔一〕墨妙：原作「妙□」，據《豫章先生遺文》卷四改。

26 代回謝文潞公啓〔一〕

誤蒙帝澤，出守宫符；遠借台光，鎮守藩服。坏陶有素，感愧無顔。某蚤以儒生，繆膺朝寄。計勳勞之謭薄，荷寵數之頻煩。在國北門，提封全魏。眷兩河之右地，據百郡之上游。時無扞禦之憂，民望豫游之幸。故容坐嘯，亦免尸官。此蓋伏遇某官，宿柄中樞，預調元化。嘗於户牖之坐，密加黼黻之褒。矧是陪京，實惟舊治。流風善政，猶在謳謡；老史耆儒，每懷咨度。方盡循於規矱，如親奉於誨言。荷戴之誠，敷宣曷罄。藴隆季月，暇豫黄堂。伏祈調御四時，綏成百順。

〔一〕「回」字原無，據嘉靖本補。

27 代韓子華回韓魏公啓

祕殿清班，陪京重地。併叨寵數，實厚靦顔。雖誤恩之莫回，幸前躅之可繼。屬修覲禮，輒緩滕書。豈謂台司，首貽榮翰。某官乾坤間氣〔一〕，社稷元臣。股肱三朝，師表百吏。顧舊勞於維翰，方均逸於故鄉。即聞大旆之西，莫展下風之謁。長城千里，猶獲寶鄰之依；泰階六符，行即陶鈞之賜。

〔一〕「豈謂」至「乾坤」十二字原缺，據《豫章先生遺文》卷四補。

28 代韓子華回王平甫啓

典鑰於兹〔一〕，粗安晚節。思賢之嘆，有甚朝飢。何圖謙撝，遽枉榮翰。實欽松柏之操，不愛金玉之音。某官天才高明，國器遠大。運精神於繫象之表，載事實於聲名之前。久紆讎校之勤〔二〕，宜在論思之職。且膺殊拜，諒不旋時。殘暑未清，自公多愛。

〔一〕鑰：原作「樂」，據《豫章先生遺文》卷四改。

〔二〕紆：《豫章先生遺文》作「紆」。

29 代韓子華回高陽劉待制啓

恭審進陞延閣，往鎮侯藩，伏惟歡慶。某官材名顯融，事業紘遠。去潤色論思之列，有攬轡澄清之功。細札十行，即奉旋歸之詔；長城千里，尚寬北顧之憂。過辱撝謙，遠貽榮翰。但深銘感，莫既敘陳。

30 代韓子華回定州薛密學啓

伏審進直中樞〔一〕，鎮臨藩服。某官强毅中立，沈深内明。目無全牛，刃有餘地。畜賢人可大之業，遭主上有爲之時。心計冥冥，九貢制縣官之用；威聲濯濯，一身折方面之衝。行茂對於疇庸，豈久勞於卧理。過承謙損，先惠緘題。但極感銘，曷勝占敘。

〔一〕中樞：原作「中書」，據《豫章先生遺文》卷四改。按此指熙寧七年二月薛向以樞密直學士知定州（見《續資治通鑑長編》卷二五〇），故云「進直中樞」。

31 代韓子華賀張璪修撰知雜啓

伏審拜命紫庭，提綱烏府。登正士於風憲，壯本朝之羽儀。百僚肅清，四海瞻望。恭惟某官，忠義特達，器資高明。材能簡於帝心，論議出於朝右。未更歲月，歷試事功。補過責難，入司邦直；宣威美俗，出作吏師。屬虚耳目之官，歸自股肱之郡。仍刊書於史觀，正專坐於南牀。言路生風，即聞弄印之拜；臣功熙載，更被濟川之求。惟是冥頑，蚤依庇賴。欽承嘉報，增忭愚衷。

32 代人謝舉主啓

從事軍幕，雖復小人之勞；策名薦書，敢幸諸公之顧。猥當湔祓，無措靦顔。雖執事出於至公，而大府號爲多士。如某資下，與人分疏。在官有夙夜之心，於朝無先後之友。仕不能稼，幾動讀書忘羊之嗟；禄既及親，猶獲得隴望蜀之意。竊聞士論之已久，得出門下之尤難。蓋常格以廉能，未始出於請託。豈伊孤拙，誤借吹嘘。兹蓋伏遇某官，身爲權衡，錙銖不昧；心有涇渭，清濁洞明。每於鞭策之間，盡知駑駘之力。排置衆俊，居然一羽之輕；遇蒙片言，忽有九鼎之重。心非木石，恩若丘山。永言矢心，不累知己。〔一〕

〔一〕原注：「右皆家傳。」

33 代李野夫出守宣城上本路監司啓

入補天臺，僅書文墨之課；出膺符竹，猥分民社之憂。素處不鮮，曠官是懼。恭惟某官，將明使指，勸相吏功。聞疊嶂之城，苦無公事；託二天之庇，幸有餘光。趨版匪遥，望風懷悚。

34 送曹黔守致語

賞心樂事，是難逢易失之時；臨水登山，有送遠將歸之恨。式陳觴豆，侑以管絃。恭惟知府供備，詩禮家風，韜鈐將略。去天尺五，早瞻列戟之榮；賦茅朝三，未極清班之貴。奉賜得犬戎之要領，防秋傾虎士之腹心。三代治兵，不犯道家之忌；一麾出守，遂兼循吏之名。投壺雅歌，以安黔内郡縣；輕裘緩帶，以宴幕府賓僚。既報政成，方榮歸覲。通直闔郡文武，念甘棠之勿翦，惜驪駒之在門。旨酒嘉殽，永清懽於今日，鏘金戛玉，深怨曲於陽關。某等云云。〔一〕

〔一〕原注：「右已載蜀本。」

婚簡

35 問李氏親簡

惟我丘嫂，乃公仲兄。婚姻宦遊將及四紀，甥姪詩禮僅同一家。請尋繼好之盟，再篤宜人之慶。伏承賢第幾小娘子，幽閑順於保母，才德似其諸姑。聞之族姻，迨今笄歲。小子某，粗識嗜學，亦既勝衣。惟是蘋蘩之共，莫助盛湘之事。率時吉卜〔一〕，用告行媒。甘瓠纍樛木之枝，雖慙本弱；肥泉潤淇園之竹，儻及餘波。敢以幣將，冀承回命。

〔一〕率：原作「卒」，據嘉靖本改。

〔附〕李氏答書〔一〕

人物之美，繼擅無雙〔二〕。文章之名，多在第一。矧季子之早譽，在鴻都之貴游。反求顛頷之宗〔三〕，以相蘋蘩之事。女子雖閑姆傅，既勝縰笄，僅能成人，誠懼非偶。告之吉卜，申以懿親。不獲終辭，敢拜重禮。

〔一〕原題只作「答」字，《豫章先生遺文》卷四題作《李氏答書》，并注一「附」字，今從之。

〔二〕繼：原作「絶」，據《豫章先生遺文》改。
〔三〕反：原作「友」，據《豫章先生遺文》改。

36 樸姪定新婦簡

接屋連家，非徒一日之雅；同安共恤，蓋有平生之言。輒緣恩親，敢議婚對。長子樸，當承宗事，未有婦家。伏承賢小娘子淑質少成，令儀素教。衰宗之陋，良不自知；嘉偶之求，願承重諾。

37 石氏定婚簡〔一〕

葛藟之纍樛木，亦得升高；泉水之入淇園，冀蒙餘潤。比因僚友，僭及婚姻。既承諾之話言〔二〕，許以嗣爲兄弟，敢差穀旦，少助衣襦。酌彼行潦，誠可薦於王公；藉之用茅，物或宜於曲禮〔三〕。

〔一〕《豫章先生遺文》卷四題作《定物書》。
〔二〕諾：《豫章先生遺文》作「著」。
〔三〕《豫章先生遺文》此聯二句互易。

38 定石氏簡

三星在户，婚姻貴於及時；九月肅霜，裘褐宜於早戒。小子齒雖未冠，學且聞詩。惟是歲時之嘉，莫助蘋蘩之薦。謀諸僚友，吉在高門。家傳萬石之風，人禀三峨之秀。伏承賢第七五小娘子，功容德稱，保傅教從義方；且於有行，竊自忘於非偶。既因將命，辱賜重言。敢以吉蠲，修具禮物。〔一〕

〔一〕原注：「右皆家傳。」

宋黄文節公全集·別集卷第十三

祭文

1 祭司馬温公文

嗚呼！篤生温恭，不愧于屋漏；守死忠蓋，可薦於神明。惟天下信公不疑，惟公以天下自任。三后在上，照知赤心〔二〕；兩宫臨朝，眷倚黄髮。四海岌岌，未知息肩。公執樞機，重宗社于九鼎；公定國是，決興喪于一言。所進忠賢，拔茅連茹；其去姦佞，蹟無遺根。涇渭洞明，凛乎太平之漸。雖楊太尉晚暮，而志愈篤；山司空中立於朝，甄拔人物；楊文簡扶挾以對延英，汾陽徹樂，中丞毁堂；崔文貞肩輿至中書，除吏八百：考公名實，可謂兼之。嗚呼！期月之間，經營見效如此，尚假日月，汔觀崇成。如何彼蒼，殲我哲輔！百身可贖，誰不願然。謂天不慈，以公雨泣。惟時訃聞，兩宫震動。帝臨明堂，受釐不賀，未足以盡哀公之志；上公開國，襚以貂蟬，未足以盡顯公之心。人之云亡，邦國殄瘁。爰輯斯文，爲天下慟。悲不能詞，公尚饗之！

〔一〕赤：原作「直」，據《豫章先生遺文》卷六改。

2　祭司馬諫議公休文

嗚呼公休，重厚而明，惠和而清。小心畏義，臨淵履冰。學問醇一，宜在君側。執經二年，獻納是力。内行孝恭，金玉其躬。廩粟笥衣，惠于九宗。昔文正温公，弼亮二聖。勤勞而隕，遺我後慶。補袞之闕，再有王命。曰其忠清，獨似先正。公休盡瘁，不敢告勞。輟食賜金，尚其能朝。太醫技殫，疾殆不起。聘醫於魯，魯有老李。醫稱耋老，不能千里。民勸就馬，曰吾相之子。九月訃聞，兩宫驚歎〔一〕。秩諫大夫，寵銘其旌。不忘忠清，又厚賻之。其丘其孤，俾調護之。朝思良臣，士哭畏友。嗚呼吉人，胡不黄耇？銘旌飄飄，無復平生。祖行以觴，有淚縱横。

〔一〕驚歎：按「歎」字與下句「旌」不叶韻，疑當作「歎驚」。

3　祭外舅孫莘老文

嗚呼！萬物沄沄，隨川而東。金石獨止，何心於逢。天地雷雨，草木争長。松柏不春，以聽年往。惟公豈弟而勇沈，足以制群輕之命；重遲而忠厚，可以寄不御之權。若拙也，而巧於慎獨之行；若訥也，而辯於得意之言。孝友蒸蒸，内行玉雪。律貪敦薄，無有玷缺。心醉六經，仕則面牆。公爲郡邑，禁止令行。往在熙寧，弼臣造膝。誣公懷姦，不工應卒。公蹈其機，瘖乃自陳。人言公枉，我則觀仁。雖疾猶美，如西子顰。元祐初政，公又大諫。不忮不侵〔一〕，體國而論。公於相士，如九方歅〔二〕，遺其皮毛，論其絶塵。凡在縉紳〔三〕，多自公出。轅下千里，皆載稱述。公侍母疾，結帶三年。勞動恐憂，鬢須皤然。流落歸來，公亦既病。猶望公起，典司國柄。去歸淮南，公病亦侵。人物眇然，我憂其深。二月丁酉，公擇去化。厥明戊戌，公亦命駕。邦國殄瘁，詩人永懷。失二長者，我心險哀。我初知書，許以遠器。館我甥室，飲食教誨。道德文章，親承講畫。有防有範，至今爲則。小人有親，又有官箴。公喪不臨，斂不撫衾。遡風霣涕，亦隕我心。維當絶絃，以報知音。平生斗酒，同此臭味。敬奠以文〔四〕，其舉斯觶。

〔一〕侵：原注：「一作陵。」

〔二〕歅：原作「甄」，據《豫章先生遺文》卷六改。

〔三〕凡在縉紳：《豫章先生遺文》作「凡今縉綎」。

〔四〕文：原作「聞」，據《豫章先生遺文》改。

4 將葬叔父給事祭文

嗚呼叔父，躬行之節，足以律貪敦薄；立朝之義，足以尊主庇民。雖陰功隱德，潤澤天下之半，於叔父之志，百未一伸。歲在壬申，天殲德人，病不能朝，牖下拖紳。啓手啓足，無愧明神。皜乎其白不可淄，確乎其堅不可磷。我欲歸怨於人，與人無惡；我欲歸怨於天，天既生德。尚有遺美，與世作則。挽車在行，無淚續哭。松柏降霜，臨穴惴栗。我等在世，百身何贖。終天一觴，心隕于谷。

5 代四十五弟祭伯父給事文

嗚呼！我少不天，從母霜露。終歲歸只〔一〕，又失所怙。幼小近市，未聞詩書。不知母慈，不如烏烏。越在田間，瞻望千里。金玉之音，言提其耳，手足之故。飲之食之，教之誨之，維我伯父。没身之澤，尚以榮我。蝨負丘山，幾何不墮。伯父之教，終不可忘。入則在室，升則在堂。自今至於後日，束身修行。不瘝于官，父母之慶。思孝思純，旨甘温清。有違斯言，天實殛之。酌酒隕心，終天一辭。

〔一〕終：《豫章先生遺文》卷六作「中」。

6 叔父十九先生祭文

嗚呼！叔父孝恭慈仁，足以助鄉官之化；明哲淑慎，足以追大雅之風。數術窮天地，而談萬物之宗；學問貫古今，而參百慮之致。先生既無求於世，世亦無求於先生。所以耋老詩書，陸沈丘壑，功烈無述，文章不昭，豈不悲哉！昔在田里，侍坐從行。飽聞金玉之音，實入芝蘭之室。清規映俗，孰能磷淄；和氣格人，不以聲色。子弟之過，不畏鄉評，而恐達先生之耳；邑里之訟，不之公府，而求直先生之庭。維先生匿智韜光，就陰息蹟。惕畏幾於數馬，清慎過於辭金。見賢思齊，如將弗及；聞人之過，默而識之。故能上下之交，纖介無悔。耆艾之歲，宴安就閒。致功巖穴之間，不復經綸之夢。謂當康强百歲，保我後生。不圖禍凶，日月遄盡。誨言在耳，叔父何之？酌酒盈觴，不見平生之笑語；竇泣伏地，豈其黄壤之聽聞。哀哉奈何，尚饗！

7 代祭王朝議文

維元豐六年，歲次癸亥，十一月壬寅朔，七日戊申，趙郡李氏二姨，謹以清酌時羞之奠，致祭于故提舉朝議姨夫之靈。惟君孝友敦睦，刑于室家；信厚忠純，載在婚友。恤孤振乏，設心慈仁。問道好賢，不邇聲色。宦學自力，廉能顯聞。嶺南五郡，去思猶存。謂宜黄髮，以芘本支。厭世去仙，中壽而止。惟我女弟，早乘魚軒。抱攜孤孫，哀疚何忍。婚姻之故，酌以告别。皎如平生，尚克來饗。

8　母壽光縣太君祭非熊文

維元祐四年，歲次己巳，三月壬申朔，十二日癸未，母壽光縣太君李氏，以清酌時羞之奠，致祭于幼子二十四郎之靈。嗚呼！康州捐館，汝在懷抱。從我艱厄，餬口四方。以余嫠孀，致汝婚晚。命之奇蹇，趙氏不減。既壯而鰥，六見寒暑。擇對齟齬，迄以無家。予負於天，令汝暴横。心摧肝裂，何地寄哀？白日昭昭，棄我何適？維汝乳母，乳我三子。皆不中身，禍酷如此。汝念乳母，在後而單。我尚撫之，如三子存。吾年七十，眼暗足跌。汝歸殯宫，不得臨穴。拍棺一慟，淚盡唯血。嗚呼哀哉！

9　代兄祭非熊文

維元祐八年，歲次癸酉，正月己卯朔，二十九日乙未，兄大臨以清酌時羞之奠，昭告于亡弟非熊之靈。爾競豪爽快，才不□□。可以亢宗，聞之先親。禀命不融，不能中身。客土風露，草□既陳，痛我手足，我哀如新。我等不天，安康棄養。以爾同歸，及兹大葬。臺平之原，先君所卜。其杉其松，窀以昭穆。二月戊申，安康祖行。爾亦就次，恩如平生。别酒一觴，有淚從横。〔一〕

〔一〕原注：「右皆家傳。」

10 祭圜明大師文〔一〕

維元符三年，歲次庚辰，九月甲子朔，初四日丁卯，山谷老人黄某，敬以龍茗水沈、時菓齋蔬，致祭于故圜明大師無演公之靈曰：嗚呼圜明，萬人之傑，千人之英。向使爲儒，師友琢磨，庸詎不爲子雲、長卿；向使爲吏，爲師爲長，庸詎不爲翁歸、張敞〔二〕？蚤被佛縛，於師有光。筆端舌本，什公支郎。以檀嚴佛，能軒能輊。不作則已，作必駭世。文章記問，圖畫書詩。人一爲多，能獨兼之。一朝棄家，天脱其羈。浮江下漢，訪道求師。譬如蒼龍，蜕其大身。留體一髪，卷藏自珍。往雖出家，日用世法。作無義語，覆不浄業。行求正眼，還我光明。作爲雷霆，以雨四溟。方行萬里，出門折軸。清明粹温，今見朽骨。歸船雨泣，天容涔涔。我羞清供，如公初心。尚饗！

〔一〕原注：「公有《與元陟贊府書》，中云圜明塔銘，祭文中已具之者，銘中更不復出也。」

〔三〕翁：原作「公」，據《豫章先生遺文》卷六改。

11 彭城叔母祭文

嗚呼！昔在叔母，有齋采蘩。媲德主饋，人無間言。娠子孝友，令承几筵。中身不考，何罪於天？天涯聞哀，不能駿奔。柩旌東來，哭於國門。遷次十年，客非吾土。雙井之原，今復其所。某等幼小撫憐，備聞教語。音猶在耳，瞻仰無處。哭輓靈車，淚落樽俎。

12 祭樂夫人文

嗚呼夫人，禮足以承祀，義足以託孤。風雨抱雛，迄今燕居。我有息女，往奉盥櫛。夫人慈之，如女在膝。不見顔色，今二十年。淮安之下，卜維新遷。山川悠遠，不聞哭輓。千里牲酒，以寄繾綣。

13 十八弟新婦裴氏祭文

嗚呼夫人，徽柔懿恭。承親祈祈，諸婦率從。謂當有子，以亢我宗。如何不淑，奄忽覯凶。我與汝父，兄弟朋友。昔見褵褓，今見旌柩。恩情之痛，倍絶倫等。撫心祖行，以文薦酒。

14 十九弟新婦李氏祭文

嗚呼！惟舅氏之玉女，徽柔順政〔一〕。歸我季子，家人相慶。宜受象服，以蕃子姓。如何不淑，逢此百凶。兒隕于褓，遂弗寤興。平生家庭，言不出口。臨絶之音，甚義而禮。孰子之美，而奪其齡。臨觴一哭，誰不失聲。嗚呼哀哉！

〔一〕政：原作「從」，據《豫章先生遺文》卷六改。

15 又將葬祭文

嗚呼夫人，舅氏季女。黄芝紫蘭，潤澤露雨。選對一時，歸我季深。似不能言，家人歸心。有子不淑，身亦夭横。生人之痛，哀可隕性。昔在舅氏，育我諸孤。視爾兄弟，粲然不殊。臨喪一慟，痛在手足。酌酒祖行，瘞此佳玉。嗚呼哀哉！

16 祭十一舅母安福縣君范夫人文

嗚呼夫人，令德孝恭。佐我元舅，肅雍于宫。柔不選愞，剛不忌克。誰傅誰師，金玉天質。螽斯多子，扶牀坐膝。笑之怒之，慈視如一。夫人歸止，不及皇姑。事我安康，進掖退扶。酒肴枕簟，温清起居。婦拜姑老，尊重則傲。猗嗟夫人，老而克孝。誰不淑壽，大國楚秦。孰是夫人，而不中身。兒皆詩書，女亦箴紩。得喪秋毫，彼亦何䘏？庭堅等來自江南，哭奠槀葬。毁瘠餘生，哀深母黨。

宋黄文節公全集·別集卷第十四

書簡

1 謝張宣徽書

某頓首再拜，致政宣徽少師閣下：某不肖，懼不給使令，豈敢望教。伏蒙開納，衣被以道，至極温厚。瞻拜孔德之容，慰適小人之願，幸甚！蒙慰誨勞苦，非晚學孤生之所宜蒙。惟閟盛德之聲色於不有，倚富貴於几杖之外而下無能，此豈流俗之情哉！顧器淺能薄，夙夜自强，不足以副門下之意。暑氣煩溽，不敢再造齋館，伏祈調御衛生之經。河潤九里，不但小人蒙福也。謹上狀。皇恐皇恐！

2 答李材書

某頓首啓：頃辱惠書勤懇。閑居多病，人事廢絶。遇風日晴暖，從門生、兒姪，扶杖逍遥林麓水泉之間，忽不知日月之成歲，以是久不報書。專人來，又蒙牋記累紙，存問益勤。伏承偃息田里，侍奉吉慶，鄉鄰父兄，鷄酒日至，何慰如之！今歲黔中霜雪早寒，數日來，雪欲及摩圍之麓，不肖到黔中三年，所未有也。不審南充冬候何如〔一〕？此方舊同僚，惟吕東玉在，亦逼代矣。守倅見不數，然意乃鄭重，皆清慎不擾，不易得也。某杜門終歲，益覺清浄，時苦門生抱經來咨問，尚俗氣未除耳。範公去已十月，不得音問。比聞爲凌雲疏請，或被逼，往往復來此也。竄逐之餘，枯木寒灰，未委溝壑，無階會集，惟有馳情。千萬進學畜德，以須陞用，使二親身見之。

〔一〕南充：原作「南究」，據嘉靖本改。

3 答從聖書

某再拜。比蒙賜教勤懇，審治郡威嚴，内外斬斬，齋閣安閒，頗與僚佐尊酒謝江山之勝，何慰如之！某自放林壑之間，閒居益有味。弟姪到眼前，遠者常得安問，頗以自愜。恨數舍無緣參候爾。於不肖有所聞，教之篤之，乃所望於左右。謹勒手狀。〔一〕

〔一〕原注：「右皆家傳。」

4 與邢和叔書〔一〕

某頓首。至親中失公擇、莘老二德人，哀念不可忘。頃來意緒嘗憒憒，飢飽或不省識也。方今人物眇然，而朝廷屢失長者，可勝歎邪。今年來，百事慵嬾，唯思江湖深渺，可以藏拙養愚，但事勢有未得者耳。公相知察，故及此。

〔一〕邢：原作「刑」，據嘉靖本改。

5 又

伯氏梁縣頗安職，每得安問也。令嗣安勝。詩人得在江山勝處，沈痾當脱然去體。有新詩，數見寄爲佳。因來乞《韋蘇州集》，得差厚紙印之，幸甚。燭下眼澀，十字九乖，幸照察。〔一〕

〔一〕原注：「右家藏真蹟。」

6 與通判通直書

某啓：雅聞豪士之風，恨未接款曲。今者放逐顛沛，不意乃有參對之幸。寒暄未節，不審即日尊候何如？伏惟監理鎮静，鑾夏肅然，宴居閒安，百福所集。某行李中有貴州鹽鋪兵十餘，及建始借白直數人，勢須以煩使部，不審可得否？到城參候，更當咨禀。

7 又

某竄逐孤危之迹，情實可知。邂逅長者監郡，幸獲參展。承高明特達，以場屋一日之分，顧盼存恤，恩意甚備，使旅況無瑣瑣之態，感服之情，未易言也。寒暖不常，不審尊候何如？伏惟監理豫暇，時能樽酒以對江山。代者未有車音否？某蒙資致行李之力，已及貶所。人事方匆匆，奉狀不能萬一。願珍護眠食，以須寵禄。

8 與幕府書

某竄逐窮鄉，惟恐薈蔚之不深，不復與人事。乃辱賜教累幅，存問勤懇，敘示先君疇昔舉送之舊，豈勝感念！即日霜寒，不審尊候何如？幕府省文書，當有樽俎之樂〔一〕。未緣會集，千萬珍重。

〔一〕當：原作「常」，據嘉靖本改。

9 又

某頓首。方欲遣記問秦瑜所附書信，忽奉來誨，喜承即日霜寒，王事不至勞勤，體力輕安。寄惠家庖所作醬，極濟所乏。仍承誨諭，奉煩鄙事已措置有緒，感刻感刻。所示連蹇仕途，實深歎息。當路諸公頗求真材實廉之意，計不相遺。但棄捐漂没，不能致人輕重，亦不能率爾作書達人，惟因行李相見，或及人物，乃敢開道之耳。此意公所了了也。然成就自有時，馬鳴而馬應之，非智也。旦夕遣回黄甘者别上狀。千萬珍重。

10 與張道濟帖

某頓首。穀旦辱惠顧，適有他客，不能延款，甚愧。天氣和暖，伏想體力勝健。龍尾研、自作墨各一，宣筆四，漫助文房之用，輕浼輕浼。來早令三子就學，惟煩訓勵之以嚴，久之乃不費力。古者易子而教之，蓋欲用威也。

11 又

今日幸陰涼，諸生事業皆辦，謾擕琴至草堂，亦佳，亦息焉游焉之義也。

12 與胡逸老書

某叩頭。頃辱報書，甚勤懇，來人不取答遂行。目前多故，因循至今。秋氣差冷，不審體力何似？雅聞公有山水清尚，獨能尋寂寞文字之樂。徒恨憂居，日從事於窀穸，未能奉款語以觀所聞，惟有馳情。伏冀强學自重。謹勒參候。

13 又

某伏奉手誨，審宴居不爽衛生之理，體力勝健，良慰懷想。今歲秋暑，常多病，老態百出，殊覺不甚耐也。廣夏虚堂，想不知蓬蓽煩溽之味。比來何似？終日頗復撥棄俗緣近書册否？《東坡集》偶有兩部，輒分其一助藏書。承許中秋後見過，拂榻鋤逕，奉遲足音也。

14 又

某頃辱車馬來助給事叔父葬事，事緒叢脞，不能款曲淹留賢者，於今以爲愧。霜寒，天氣晴明，伏想日用安和。比何以爲樂？頗得新書畫否？所留卷軸，偶夜宿山堂，松風泉溜，擊觸筆意，揮寫略徧，今遣上二短軸。欲寫鄙詩草，盡在怡偲閣，夜中不能取，可候他日也。此絹軸用礬黏，極中節，頗令人喜書。如所背高軸，幸惠一軸，欲寫一文字，與羅漢南老。早得來，免没納短卷耳。晨起手倦，奉狀草率，不宣。

15 又

所問田宗印，蓋出《史記·齊世家》：「子行曰：『需，事之賊也，誰非田宗？所不殺子者，有如田宗。』」又曰：「子我盟諸田於陳宗。」陳宗猶田宗也。胡氏出於舜後，胡公滿，有陳國者也。用田宗字印，義亦叶矣。戲虎屏，漫作贊，如此不知可否？

16 又

某頓首。惠及劉氏樂府，亦好書，頗助寡聞也。建盞政須，比還雲巖爾。法帖已領，老杜詩且留不妨。舊日所聞虛淺，比來讀之，多解其趣。然常以嬾倦，不能隨手鈔記，若他日得暇，當以蘇州本隨處誌記也。前欲作《黄庭》草，因查田吕三十六有一軸絹在案上，因一夜草得《黄庭》，殊有意思。近爲王良翰攜去，恨公不一見也。良翰又爲摹得韓幹二十餘馬及閻立本十二國圖，皆比佳物，何時復能强行來一觀邪？公來，但同益老諸人喫飯，葷素皆無所費，不必以爲嫌也。

17 又

某頓首。前辱車馬甚勤，而賓客冷落，饌具單薄，政以不欲作俗禮，使賓不暖席耳。雖然，得君子淹留，意亦不甚滿，重煩稱謝，何愧如之！癰方潰，臂作勞輒痛，極草草。

18 又

某頓首。僕夫回，辱手誨，審宴居體力勝健，良慰懷想。元明十四日遂行，但恐公未即來，然已拂榻奉候矣。所諭寫周興嗣《千字》，於公何所不可？然常嫌《千字》太鄙俚，若欲刻石，用高尺許卷軸草《黄庭》亦可耳。草書大字，古無此法，近世唯張長史、僧懷素時時作數字耳，其餘皆俗書也。公好書如嗜欲，要須蟬蜕塵埃之間，玩思高古，乃可以垂世傳後耳。方治元明行橐，奉狀草草。

19 又

某頓首。寒燠不節，比來體力何似？益老得從容齋館，想少慰。大草殊非古，古人但作小草爾。故有意學草，當學草小字。今法帖中有張芝書狀二十許行，索靖《急就》草數行，清絶瘦勁，雖王家父子，當斂手者也。公必欲求善工刻字，當奉爲書小草《黄庭》，須得意輒作數行耳。今日欲學草書，當求智永《千字文》五百許字，其半王著足成者。此小草乃無俗氣爾，餘不足學也。

20 又

某頓首。比辱車馬肯淹留，良以爲慰。共飯蓬藋之間，藜藿滿筯，又以爲愧。早來衝冒風寒，體力佳否？承手誨勤懇，感慰！所須諸字，若得暇，一日之功，或無思，則數月，要須獲麟於未發前耳。天氣昏濁，亦增老倦，奉答草草。

21 又

某頓首。承遂歸心於禪悦，何慰如之！可試看《楞嚴》《圓覺經》，反觀自己是何道理。既爲大丈夫，須有大丈夫事，有麽，有麽？〔一〕

〔一〕原注：「右皆家傳。」

22 與劉晦叔書

某頓首再拜，晦叔發運吏部九兄閣下：黄州一面而别，情深耿耿。鄂渚漢陽，乃得相從，甚慰十年之意。行日馳至江滸，承已涉大江，但望風馳情耳。江夏送到所惠教，并得紫蕈糟薑，敬佩不忘之意。别來未承近問，懷仰曷已！謹附承動静，願加珍嗇。謹勒手狀。

23 又

黄州幸得一面，謂可追舟尾得款語。至武昌，承大旆已解，豈勝悵仰！霜冷，不審尊候何如？過湖不驚恐否？子舍想皆勝健，學問皆有日新之功。潭府從來號爲少事，兄老於世故，文法當迎刃理解，但以詩酒謝江山耳。某至鄂州，遂僦屋寓舍，諸亦粗遣，去雙井才七程耳。方阻瞻承，臨書耿耿，謹勒手狀，伏祈爲國自重。〔一〕

〔一〕原注：「右得之其孫伯虎家藏真蹟。」

24 與李端叔書

别來兩辱書，荷恩卹終始不渝〔一〕。方其與魑魅爲群，竊伏草間，不忘歎息。所以不作書者，往時奉九書而不報，公猶不愠，在棄捐中，宜相貸也。奉十二月二十四日手誨，不怒而加勤，乃知德人之度久而愈深也。又知不卹乖迕在官事事，此雅所期左右者，更願守心如珠，守口如瓶爾。某多病早衰，百事不堪。向蒙恩遂便郡之請，冬後乃差健，遂不敢再請宫祠。三兩日暫到雙井，二月末後復至荆州，乃趨太平，前此計尚得修問。

〔二〕渝：原作「偷」，據嘉靖本改。

25 又

得書數幅，開闔累日，想見傲睨萬物之容。承官暇，每從蘇黄門引領欽歎，何時預此清集？不肖鬚鬢已白十八九，短髮幾不可會聚，求田問舍頗有之，亦未如意耳。小兒娶婦，尚未得孫。女子今已三生矣。知命二男三女，似有可望者。三女一已嫁，其仲亦咄咄逼人矣。元明在萍鄉，甚安，亦有吏能聲。後作虔州獄官，監司亦知渠恪而解事，然非在黔戎時語也。老來嬾作文，但傳得東坡及少游嶺外文，時一微吟，清風颯然，顧同味者難得耳。

26 又

數日來驟暖，瑞香、水仙、紅梅盛開，明窗浄室，花氣撩人，似少年時都下夢也。但多病之餘，嬾作詩耳。公比來亦游戲翰墨間邪？或傳陳履常病且死，豈有是乎？比得荆州一詩人高荷，極有筆力，使之淩厲中州，恐不減晁、張，但公不識耳。方叔安否？

27 答黎遲晦叔書

精一之説，筆下未能盡。試熟思之，日用應世務者，是精是粗，爲一爲二，便可得之。若要作記，俟他日從容。適有少人事窘迫，又作南方數處書，故未暇耳。

28 與吕晉父帖

别後忽復春夏，哀苦窮窘，多病嬰纏，日力不自給，久失修問。即日初暑，不審何如？伏惟平易之政，民有畏罪懷仁之心，訟庭寂然，縣齋燕處，有以自娱。聞代者已在湖口，解印想必有期，遂有相遠之歎，臨書增懷。

29 又

比辱車騎臨顧，恩意良厚。適到家日，苦賓客肴具菲薄，不足淹留君子，於今愧悚。比方掃除巖下草堂，日親耡灌，林影水聲，可以永日，恨公不能來爾。雙井四瓶，皆今年極嫩者。又玉沙芽一斤，以調護白芽。然此品自佳氣味，但未得過梅，香色味皆全爾。公著意兹，想不可欺也。

30 又

冬暖而雨，天氣未佳，不審比來何似？伏奉牋記累幅，禮數過當，雖懷戢勤重，然甚悚仄不敢承也。比以舟楫未治，淹留，意緒殊不佳。遠承津遣開濟行李，非仁哀孤苦，安能如是？欽服高誼，大不可言。不肖於公家伯仲有一日之雅，又德占家復聯瓜葛，徒以未嘗得望履舄，故不能一通記問。今者遭罹大故，護喪葬田舍，道出貴部，薾然凶粗，無緣參候。伏惟豈弟之政，田里所安，縣齋虚閒，寢膳宜適。哀苦癯瘠，雪寒手凍，上狀不如禮，伏幸痛察。

31 與鄭彦能帖

病中聞苦下痢，甚憂甚憂。昨日見顔色，知向安矣。但少服攻擊之劑，調飲食之味，日可痊矣。赤石脂末二錢，細白麪二兩半，切三刀子軟煮，調和羊清汁食之。胡給事云，虚勞人不過兩服，即成藏府矣。河魚丸：用大芎二兩，神麯二兩，炒爲末，湯浸蒸餅爲丸，梧桐子大，每服二十丸，薑湯下。桃紅丸：赤石脂二兩，細研炮製〔一〕，乾薑末二錢和匀，湯浸蒸餅丸，如梧桐子大，每服百粒，濃粥飲下，日三服可也。

〔一〕製：原作「裂」，據嘉靖本改。

32 與崧老書

某再拜。奉别忽復八年，雖於親舊問時聞動静，而奔走南北，無緣作記以修嚮往，唯攀仰不忘爾。昨兄弟往來貴部，皆蒙勞來甚勤。久欲通書道謝，而冥頑困於簿領，匆匆至今。即日不審何如？伏惟邑里安於豈弟，犴獄肅清，齋閤時有文酒之樂。某竊食於此，無以庇民，襆被待蒐除耳。未緣參對，惟冀自重，以須百禄。謹奉狀。

33 與郭明叔提舉書

某再拜。頃者使節入城，數屈車騎，不肖屢造館舍，終不得面，如相避然。爾後日欲通音記，屬親老比來多小不快，人事書尺十常九廢也。伏蒙賜教不忘，感激感激。長者淹留在外，豈獨故人所歎。克勤小物，以道爲準，以聽浮雲之去來。鼓鐘于宫，聲聞于外，夫忠信孝友之實，孰能揜之？〔一〕

〔一〕原注：「右見石刻。」

34 與元陟贊府書

某頓首。頃者與圜明款曲，極道足下詞學之美。潮音來，詳悉動静，殊恨未相識也。專人辱書勤懇，審王事不至勞勤，左右經史，何慰如之！某蒙恩東歸，方爾暌遠，臨書懷仰，千萬珍重。十二月十三日。

35 又

彭山風物亦佳否？子思在永豐，數得相見否？其文章學問，意氣骨肉，皆當即在臺閣，此青雲之士，可以附千里者也。仕宦嘗患無師友，如此士在旁近，殊不易得也。

36 又

《圜明塔銘》出於迫猝，不能盡其美質，顧其大概，不忝其平生所存耳。祭文中具之者，銘中更不複出也。當路諸公亦有相知能爲引重者乎？〔一〕

〔一〕原注：「右見石刻。」

37 與李承之主簿書

某頓首。自荆州來省伯氏於仁里，聞足下鄉鄙之譽甚美，恨未相識也。乃辱專使惠書，至意傾寫，不見鄙外，幸甚幸甚。告以從來問學之意，知足下不汩於流俗，求配於古人。士之不自重久矣，觀足下所見教者，能充其言，豈易得也。至於推與不肖在先達君子之列，則不敢當。見彈而求鴞炙，似足下之過也。夏氣喧濁，比來日用何如？聞醴陵巖邑，民頗嚚訟，佐邑想亦少暇日。同僚爲誰，臭味相投否？一舍相望，無階修敬，謹奉手狀。

38 又

某頓首。惠賜新作一編，撥忙三四讀之，務當求是，論議有餘，佳作也。與足下無一日之雅，而辱不愛珠玉，傾囷倒廪以畀之，知足下好學，絶人遠甚矣。士嘗苦貧，故從仕之日早，又不得明師畏友琢磨成就之，故暖姝以一得爲足，而不免於宋榮子之笑也。觀足下學問之氣不倦也，故相爲言之耳。舍弟仲堪尉衡山，輒有一書，幸指揮寓遞達之。

39 與李少文書

某辱書勤重，知六縣君及諸妹安勝爲慰。四哥往親迎，必每得安書也。吾姪性資開爽，他日必不居人後。惟强學自重，讀《論語》《孟子》，取其切於人事者，求諸己躬，改過遷善，勿令小過在己，則善矣。適得報，當除名竄宜州，故急作書，遣此僕還，極草草，千萬自珍自愛。

40 與趙都監帖〔一〕

庭堅頓首。承醇老相待，禮意甚厚。公勤於王事，達於人情，故當爾爾。法帖承賢郎欲爲調護，幸甚，但愧不當煩之耳。今日同公濟飯，飯後困頓，未能遣，須後信也。草書小詩未寫得，亦須送大燭來人可寄也。示諭糞除四衢甚蠲潔，亦料材者必爾，漫及之耳。想比來亦嚴火禁，處處瀦水，以應星變，示修人事敬畏之意。前欲作界方，亦不必桄榔，但得檮木之類亦可。有木工所用桄榔曲尺，求一枚，此裁紙之佳器也。庭堅再拜。

有士常供奉監分寧茶場，不知於公遠近，曾通書否？字云：「向有書來，未曾答耳〔二〕。」

〔二〕此帖原只有「示諭糞除」至「佳器也」一段，今改以《山谷簡尺》卷上爲底本。

〔三〕「字云」以下疑是趙都監或他人旁批，蓋答原簡末句「曾通書否」之問，非庭堅之文。

41 又

伏暑稍易堪〔一〕，夜中清泠，美睡想殊得所。但當深思寶護玉體，立功名爾。所寄尺六觀音紙，欲書樂府，似大不韻。如此樂府卷子，須鎮殿將軍與大夫娘對引角盆，高揭萬年歡，乃相當也。一噱。漫書一卷大字去。耒陽茶磑，窮日可得二兩許，未能足得瓶子，且寄兩小囊。可碾羅畢，更熟碾數百，點自浮花泛乳〔二〕，可喜也。須佳紙，當奉寄，宜州紙只是包裹材器耳。彼易得藿香、草豆蔻否？所須通俗樂府，得暇當用小牋作一卷子去。〔三〕

〔一〕伏：《山谷簡尺》卷上作「秋」。

〔二〕點：《山谷簡尺》作「點得」。

〔三〕原注：「右皆家傳。」

42 與分寧蕭宰書

某再拜。前日得以挹子瞻，拜下風，所得過於所聞，實自開慰。時往來，屈旌旆賓餞，實自不皇。春氣喧暖，不審尊候何如？細民不能不辨争，伏惟刃迎縷解，終日無事。欲作城中二三書，輒煩借一小吏能寫牋啓者，一日即遣回矣。鄙事溷高明，悚惕。

43 又

伏想政成民信，邑廷事益清簡，時有文酒之樂，以謝江山。清公棄黄龍而去，事勢當爾。蓋妙道非悠悠者所知，而病廢之聲已滿江西，黄龍甘餌，欲者甚衆耳。新公復還雲巖，道衆當雍雍肅肅，亦助道化不淺也。非高明忠信，不能成此法緣，欽歎欽歎！雙井弟姪雖每丁寧，不知能不以事溷庭下否？每深悚惕也。張損郭西水碓，聞得頤旨減柴籜之害，感悚感悚！

44 又

自頃聞盛德之聲而願見，既獲承緒餘，淹觀風度，更得懷仁抱義之實，恨參對之晚也。薄於事役，草草上道，又承營從渡江將之。顧鄙薄何以承此勤重，實深悚惕。至龍潭遇大雨，遂宿法昌山，未能作牋記，乃奉手誨存問，恩意甚厚，感激感激！雨意未解，不審尊候何如？謹奉手狀。

45 又

今日重屈軒蓋，未獲造館下，悚惕悚惕！即辰，伏惟起居萬福。茶一缶，才可飲五七客，乃今年雙井蒸芽第一。其爲物薄，可比沼沚之毛，蘊藻之菜，當不以邑子有獻爲嫌也。

46 又

昨承再請新公住雲巖，復留清公西堂坐夏。此二公衲僧之命脈，今江湖淮浙莫居二禪之右者。公開此法緣，所謂不煩繩削而自合者也。現前無量，皆宗於此，徹底唯空。雖復徹底唯空，大用繁興，無不重規疊矩。此是本有，不從人得，雖待心華發明，又須得明眼人爲證，所謂「不得春風花不開」者也，不審頗延二道人鑽研此事否？古人所謂「唯此一事實，其餘可不學而能之」也。兜率照公，誠如所諭，形固可使如槁木，心固可使如死灰者也。〔一〕

〔一〕原注：「右見真蹟。」

47 答王子厚書

某再拜。前辱書勤懇，衰病老嬾，久不修問，惟是懷仰，何日不勤。閏餘涉冬，天氣小冷，比來日用何如？亦得世外瀟灑人與之發明此道否？古之人不從流俗之波，自放於深山窮谷，非爲山川之美與不交世事無憂患而已，蓋欲深明己事，開百聖而不愧，質鬼神而無疑，故於彼有所不願耳。承山齋頗有書籍，時亦挹其義味邪？石恪畫妙絶，亦不敢取，但欲徧觀公家所藏耳。須「至樂」、「豹隱」二榜，匆匆，書不能工，謾往，石洞忽告行，奉書草草，千萬珍重。

48 又

辱書勤懇，審秋來益得意於江山，日用清勝，何慰如之！寄惠峨眉筍及梅棗等，荷不倦之意。然筍以密封皆敗，可惜也。借示石恪畫一軸，此天下妙筆也，熟觀之，動人神爽也。宋純時果染色，極似趙昌，枝葉乃似過之。王友功夫雖到，脱灑處蓋不及也。然花木之類，直得真趙昌，亦不必收，本來格不高耳。不審有孫大古佛像、鬼神及湖灘鷺鷥輩否？有之俱欲借觀也。所寄歐陽文忠雙井詩，詞意未當雙井之價，或恐非文忠所作。今分上去年雙井，可精洗石磑曬乾頻轉，少下茶白〔一〕，如飛羅麪，乃善煮湯烹試之，然後知此詩未稱雙井風味耳。未卜面會，惟希珍重。謹勒手狀。

〔一〕白：四庫本作「臼」。

49 又

所寄卷軸，老人下筆不喜循界道，卷終又寫不盡，輒以一紙續之，但如此亦自不凡耳。二頌語拙意陋，謾枉仰高之意。雙井法，當以蘆布作巾，裹厚埍盞一隻，置茶其中，每用手頓之，盡篩去白毛，并揀去茶子，乃磑之，則茶色味皆勝也。點時浄濯瓶，注甘冷泉，熟火煮盤熁盞，令熱湯才沸即點。草茶劣，不比建溪須用熟沸湯也。往嘗作建溪茶曲，不審見之否？或未見，後當寄也。

50 又

伏承易名，以避處沖，甚善。然「寬」字亦未甚好，輒欲易貴名爲「朴」，可否？既與「子厚」字合，又王朴，周世宗朝名相，其心術治行超然出一時人，中心常竊慕之也。〔一〕

〔一〕原注：「右皆家傳。」

宋黄文節公全集·別集卷第十五

書簡

1 與劉温如書

某再拜。頃者道出荆渚，獲聞日新之論，殊慰久別懷仰之心。抱被接宿，辱知辱愛，恩同兄弟。副所短闕，無所顧惜，感刻之情，未易一一言也。別來不能嗣音，想道室宴安，不忘鑒寐。即日不審體力何如，漸得道友否？此公雖多機智，然探討此道，極有根蒂，觀諸人錯用心者多也。歐陽元老才器不在人後，然學此道，最忌半青半黄，極須淹浸得透，始得與公相從，更須發藥。雪峰靈雲平生參學不自肯，所謂疑深，所以不落階級。昨日過峽州，適值斷臂道者相候，不得卻歸山中，殊恨不與斷卻那一臂也。無緣一笑，故遠寄此，千萬珍重。

2 與孫惇夫帖

某頓首。雖參對日淺，竊以深識英氣，了一郡事，游刃有餘，欽服無以爲喻。報行李促迫〔一〕，不得盡款高論耳。晚刻，伏想起居輕安。北巖之約，已具短牋道之矣。來日若雨作，尚可一詣别；若晴，曉解舟矣。千萬珍嗇，以須遠用。

〔一〕報：四庫本作「悵」。

3 與輔聖書

某頓首。廬陜之行，忽復四年，雖書問不通，時得動静，訪聞於南方交舊間耳。人來，伏奉嚴教勤懇，感慰無量。仕宦不遠鄉里，定省之樂不廢親側，又得文字爲職〔一〕，何慰如之！往者行，以道途淹留，不及永樂之事，天於公至厚矣。想能夙夜文事，以銷往者好武之心，以爲尊府慶之。授學官，既無吏責，頗得一意於文字，想有論著。承遠寄以性嬾惰暌違者，幸甚。某碌碌中祕書，幸得窺金匱石室，亦歲來老嬾，無復日新。又衆口食貧，思得一江湖差遣，使老幼温飽耳。

〔一〕職：原作「識」，據四庫本改。

4 與宜春朱和叔書

承頗留意於學書，修身治經之餘，誠勝他習〔一〕。然敦厚勸戒，以防患洗心。平生未嘗得侍，而情如骨肉，他日深念之，何以得此於左右？豈君子於人，望其表而識其裏，真以爲可教邪？竊佩服苦口之規，於今不忘。日者又蒙賜教，牋敬累幅，且名以師保，内訟缺然，尤不敢當。多病昏塞，眼前記一忘十，以是不通書於几下，又閲歲矣。伏惟君子盡人之情，知四罪之地，無嫚人之嫌。謹附承動静，且謝不敏，謹狀。四月日，謫授涪州别駕黄某狀上。

〔一〕按以上數句與《正集》卷一九與朱和叔另一書全同，且與下文文意不接，疑是錯簡於此，而此篇别有脱文。

5 又〔一〕

某頓首。荆州士大夫之淵藪，想多得佳士與游，諸令弟講學有日新之功。邊鄙肅清，外臺宴安，伏惟簿領不至勞勤，揚清激濁，於使者日有裨益。某待罪於此，謝病杜門，粗營數口衣食，使不至寒飢，買地畦菜，已爲黔中老農耳。閑居不欲數與公家相關，故不復借書吏作牋記，但以手書上答，不審能照察此情否？悚仄悚仄！衰老多病，亦不能固封，惟痛察。

〔二〕按此篇與《續集》卷三《答京南君瑞運勾》之二全同，今删彼存此。

6 與中玉知縣書

某再拜。往歲得款語於荆州，雖無一日之雅，而過蒙愛之，忘其醜，遽賜重言，自顧缺然，何以得此？唯君子以虚受故傾倒耳。上峽來，忽復五年，不忘懷仰。楊君來，重承教書勤懇。遠寄衣物，欽佩嘉德，無有厭斁。未緣承教，臨書惘然，千萬爲民自重。十二月二十七日。

7 又

某僦居城南，雖小屋而完潔，舍後亦有三二畝閑地，種菜植果，亦有飯後消摇之地，所謂「園日涉以成趣，門雖設而常關」者也。生事雖□□，竟未能有根本，然衣食隨緣薄厚，亦自寡過少累耳。但以舍弟知命不能樂静，居數出入；然流濕就燥，水火自有性，雖聖人不能易，亦命也。恐欲知，故具之。承巴縣已是見闕，聞已治裝，計歲裏必到官，相去數舍，舟行，可勤書也。

8 又

令兄君玉想里居宴豫，生事更崇成矣。文玉黔陽計到任久，官況何如？邦玉湖南，其勢當易得薦章也。諸郎頗得學否？伯氏已解越州，今在揚州，嫁一女，乃入都謀湖南一縣也。洪範數相見，經略令㛹重，以稱創鉅痛深之情，衣冠小不如禮猶可，惟情文當極乎哀也。曾申問於曾子曰：「哭父母有常聲乎？」曾子曰：「嬰兒中道失其母焉，亦何常聲之有？」《禮》曰：「女子哭泣悲哀，擊胸傷心，男子稽顙觸地無容，哀之至也。」公既從仕，宜爲鄉黨法則，衣服、言語、飲食皆當極哀戚之情，使後人有觀焉，實不肖之願也。滕文公尚能之，豈君任不能？

9 答王秀才書

某頓首。承車馬東來，將父命以厚逐客，實欽高義。又觀眉宇有學問之氣，恨不能留，從容以致琢磨之功，然足以占君家父兄之賢也。專人辱書，禮甚勤。某無所可用，於此捐棄漂没，豈所敢推？以足下家風好賢樂善則可矣。惠菊蕣，憂其瘴瘧，感佩愛念之意。欲分雙井以報嘉德，適發數十書，遣遠來莊僕，未暇及，候他便也。王定國尚未到，計是益州幹事淹留耳。足下氣宇甚裕，竊揣量之，但從師取友之功少，讀書未及根本耳。深根固蒂然後枝葉茂，導源去塞然後川流長。浮圖書云：「無有一善從嬾惰懈怠中得，無有一法從驕慢自恣中得。」此佳語也，願少垂意。不加功而談命，猶不鑿井而俟泉也，此乃齊智之所知。既承傾倒見與，故聊助聰明之萬一。

10　與唐彥道書

某罪逆餘生，苟活不死，湮伏田里，曠絶人事，初不知長者近在鄰州，不獲修記承問。忽辱墜教，恩意勤懇。承宴居仁里將十年，眉壽康强，知止之風，有激貪懦，老成之化，功在後進，曷勝欽歎。即日天氣暄暖，伏惟體力輕安，水濱林下，不資扶持。數舍相望，無緣承教，臨書增情，謹奉手狀候起居。伏冀若時自壽，以福遠親。

11　又

某頓首。放逐之迹，人所賤鄙。道出荆州，就親舊少留湯沐，乃辱長者敦婦家瓜葛之義，顧盼甚勤，贐行祖送，恩意不倦，中心藏之，不可弭忘。到黔中來，得破寺壖地，自經營，築室以居，歲餘拮据，乃蔽風雨。又稍葺數口飽煖之資，買地畦菜，二年始息肩，以是至今不以書達齋几。惟君子隱居就閑，亦簡人事，足以照察此心矣。某既苦脚氣，不便拜趨，因杜門已數月。雖鬚白面皺，尚能齋粥如曩時，惟懷仰風味則勤爾，因人附承動静。

12 與柳毅升書〔一〕

某頓首。潛伏林泉之下，老嬾日甚一日，又杜門不接人事，所以久不能通書。惟長者於某兄弟至厚，當能相忘。春氣暄暖，即日起居何如？伏惟萬福。承已外除，尚未報美授何地〔二〕？黔州風俗誇陋，士人絶不知學，每思荆州多士大夫，大是樂國耳。承天金鑾時有朋游會集否？天民兩遣人到黔州送雙井〔三〕，但不知道出荆渚，長者猶在里中耳。江山悠遠，臨書增情，千萬自重，以須陞擢。附承動静。

〔一〕按此篇與《續集》卷三《與敬叔通直》文字僅有小異，今删彼存此。
〔二〕地：原作「也」，據《與敬叔通直》改。
〔三〕送：原作「自」，據《與敬叔通直》改。

13 與范宏父書

某叩頭。伏承下車將閲月，惟君子之政樂易，使鰥寡皆得職於窮山田畝之間。伏想嚚訟之聲不至於庭下，齋閤閑虚，起居萬福。鄂州江山尚粗足爲東南之勝，使者皆中朝名士，想復得登臨之助。無緣承諸緒言，惟有馳情。

14 又

孤苦病羸，薾然在衰削之中，方勤窀穸之役，人事幾欲廢絶。且復多故多病，欲以書疏通記室者一日，臨紙屢廢，稽緩至此，非高明孰能察其衰疢之情？

15 又

春雪苦寒，不審尊候何如？伏惟忠厚之氣，内外受福，小人之桑梓實霑餘潤。惟是望風懷想之日久，未能承教，但馳情耳。

16 又

私家窀穸之事，義當自竭力。雖委屬應副有朝旨，然百事裁損，不敢以溷州縣，實恐以私故病公家耳。然差移兵士，亦煩使府多矣，熟念誠不自安。

17 與賈六宅書

某頓首。承家希有北園，在崆峒山下，想見氣象雄壯，花木成陰也。寄惠端叔詩軸，甚慰流落之情，謾追韻和成，衰疾之餘，殊無意味，都不成詩也。旅瑣不能作公衙奉報，惟君子能盡人之情，故敢簡之耳。貳車賢明，想時有罇俎以謝江山，亦足樂耳。往在黔中三年，見府中極無公事，計今尚如此，加以才者處之，於事修明，更勝往時也，恨無階一樽對摩圍林表耳。事冗，又賓客紛紛，竟和韻不成，遂別作一篇也。

18 與廖方叔帖

某頓首。雖於左右無一日之雅，而相與臭味不遠，每喜得聞清談，甚慰向往。伏奉教，惠貺到羊釀酒，而將之以公衙，何其相鄙外而見待以俗禮邪？非不肖所望於君子也。不敢以公銜效尤，謹具狀道謝。繼自今往來，願去俗禮，如送遞書公狀，不敢當，願深悉深悉。〔一〕

〔一〕原注：「右皆家傳。」

19 與李獻父知府書

某再拜。伏承使節當還朝，計且參臺省之論，以慰遠近之望。如役法賸錢不得過一分，法意甚美，使議法者每及此，何患不皆爲良法邪？聞希達當以六月交印，不肖比候宣城迓吏，往往得附舟尾江上從容耳。許借船至海昏，稍令賤累免煩喝，實受賜不淺。若自炭步溝來，三日可至海昏也。適以兩日傷暑，頭眩，上狀不如禮，悚仄悚仄！

20 又

前承寄紙，須作草，漫寫呈，不足觀。《天慶觀記》竊欲自作一銘，大書付吉州刻之，何如？偏觀古碑刻，無有用草書者。自於體制不相當，如子瞻以《哨徧》填《歸去來》，終不同律也。或此道士欲刻草書，即欲草一卷《黄庭》令刻之，何如？餘更當面稟耳。〔一〕

〔一〕原注：「右得之獻父四世孫如晦家藏真蹟。」

21 與俞清老書

某頓首。辱書，審宴居有以自樂，開軒陳書，想見柴桑道人，甚慰懷仰。寄惠荆公自録詩，極荷勤篤不忘。「景陶軒」名未爲佳，《詩》云：「高山仰止，景行行止。」景，明也，高山則仰之，明行則行之耳。魏晋間人所謂景莊、景儉等，從一人差誤，遂相承繆耳，亦如所謂郡守爲「一麾」也。輒爲公題爲「今是軒」，并寫去。某自去年三月已不作詩，徐爲公作數語，并寫淵明詩十數首，可作幀，張之軒中也。秀老歸未？爲致千萬意。

22 又

惠及荆公遺墨，入手喟然，想見風流餘韻，招慶定林之間無復斯人矣。親老年來多苦足弱臂痛，未能脱然，然眠食亦不惡。承眷與不淺，故及此。弟姪輩皆荷齒記，感戢感戢。〔一〕

〔一〕原注：「右見石刻。」

23 與幾道書

某再拜。道出貴部，喜於承教。伏蒙敦敘親親之義，甚厚。違遠，忽復改月，何勝懷仰？夏暑喧濁，不審何如？伏惟太夫人寢膳萬福。府中清明事簡，不廢温清甘旨之職。退而宴閒，吉慶所會。區區方抵高安，幸無他。方遠談席，伏祈爲道自重，以須陞擢。謹勒手狀。庭堅再拜幾道通守朝請兄閣下〔一〕。

〔一〕「庭堅」句原無，據《山谷簡尺》卷上補。又文末原注：「右皆家傳。」

24 與彦修知府書

某再拜。春末被旨移戎州，謂計日可參候，故不復拜狀。而多病就醫藥，所至淹留，凡三易舟，乃得及此。比來不審尊候何如？嘆旱得雨，想少慰憂民之意。某捐棄漂没，衰疾慵惰，久在林麓，已無衣冠，但有幅巾直裰，野人之服，恐不可以造公門。謹勒手狀承動静。

25 又

欽想風流有日，邂逅獲奉緒餘，少慰緜往。不肖放浪林泉間，已成寒灰槁木，尚蒙長者過當愛護，使立於無悔之地，敬佩嘉意，無以爲喻。重辱手教，存問勤懇，感激感激！區區來日遂行，無緣瞻望，唯冀爲國自壽，以須陞用。

26 又

庭堅再拜啓〔一〕：某流落羈縛〔二〕，邂逅明公爲邦，辱知辱愛，謙重深畏，似淡薄而久長，有以見君子之交味也。奉别忽踰半年，雖修問不數，懷仰則勤。即日黔州氣候想尚温煥，不審尊候何如？伏惟安静不擾，民以寧一，神所扶祐，日擁多福。無緣參承，臨書馳情無量，伏祈爲國自重，以須超擢。謹勒手狀。十月初六日，庭堅再拜上彦修知府左藏閣下〔三〕。

〔一〕「庭堅再拜啓」五字原無，據《山谷簡尺》卷上補。

〔二〕某：原無，據嘉靖本補。

〔三〕「十月」以下原無，據《山谷簡尺》補。

27 又

比因彭水人回，上狀當已徹几下。即日暑雨煩溽，不審尊候何如？伏惟公平清重，民以不擾，神之聽之，百福所集。某以家弟不聽遽别，留涪陵忽月餘，今日遂成行。益遠齋閣，惟有馳情。伏冀爲民自壽，以須陞用。謹勒手狀。四月二十二日，庭堅再拜上彦修使君左藏閣下〔一〕。

〔一〕「四月」以下原無，據《山谷簡尺》卷上補。

28 又

竊觀鎮静足以安夷獠，清節足以伏吏民。郡齋燕閑，時與僚佐歌舞，以謝江山，當亦無不樂時，别後未嘗不思清對也。由涪、渝至此，遂無酒可敵齋中色味。此邦微有瘴霧，日須醇酒，幸此旁舍民家頗解醞酒相給耳。殿直想讀書益有功，但令屏雜學，且以筆墨弓矢爲戲，令村惷老兵爲給使，久之自當習静成性矣。小子相得一少年醇謹者與同學，稍能勤也。

29 與崇寧平老書

某拜手。昨淹留長沙，每得雍容道室，惟是賓客紛紛，勞費主人，又罕得奉清談耳。别來何日不懷想，道遠難得便風，音記闕然。如化主來，辱書勤懇，承已作崇寧主人，想見開堂盛集，遠助忻慶耳。寄茶佳惠。此方或不與秦塞通人煙，石磑亦無，但於臼子中杵修仁茶煎飲耳。所惠春芽極嫩，再見漢官儀也。相見無期，千萬珍重。

30 與子仁帖

某頓首。比承惠顧，敬佩厚意。暄暖，伏想侍奉吉慶。承貴字曰「厚卿」，竊不以爲然。安太尉名字如此，已顯，又是當朝貴人，不可全用也。季札見舞韶樂者，曰：「如天之無不壽也，如地之無不載也。」夫能大庇萬物者，莫盛於仁，可字曰「子仁」，則免學人，又無俗氣也，不知可否？

31 與公蘊知縣書

某叩頭。不審高安風物何如?平生嘗游宦在江西否〔一〕?同僚可與共溪山之樂乎?春氣暄暖,即日不審何如?伏惟萬福。王事不至勞勤否?舅母縣君勝裕。某孤露困窮,日在墓次,幸無他。女睦兒相,並附起居禮。

〔一〕平生:《山谷簡尺》卷上作「舅父」。

32 又

某於公家至不疏,度相與之意亦不淺。被旨至陳留,略已六十日,終不能作一書承動靜。亦知公初領邑事,不能不多勞神於簿領,書問之闕,自可同體相盡爾。沈簿、吴掾往來問起居之詳,每承流問,恩意備矣。某以繆於史事,遠竄黔中,罪大恩寬,惟有感涕。即日俟受命即行,無緣會面,臨書懷仰,千萬爲民自重。謹奉狀。元日,庭堅再拜上公蘊知縣宣德執事〔一〕。

雙井新芽八兩,漫奉一歡,恐竭氣,以露芽八兩助之耳。庭堅頓首〔二〕。

〔一〕「元日」以下原無,據《山谷簡尺》卷上補。

〔三〕「雙井」以下原無，據《山谷簡尺》補。

33 與味道明府書

某頓首。向承與舍弟書，意欲得「巫山縣」字。老懶久之，不能下筆，今日偶晴快〔一〕，遂書得。然物材皆不如人意，且謾往，不知堪用否？往嘗授大字法於許覺之〔二〕，用退光木板，面以胡粉，書不可意輒澣去。然既可改，則意態有餘，往往下筆即可耳。然巫山榜以回禄墮敗，今此字癡拙，有老人態，則是水土重遲之筆多，似可厭勝耳。

〔一〕晴：原無，據《山谷簡尺》卷上補。
〔二〕許覺之：原作「許寬之」，據嘉靖本及《山谷簡尺》改。覺之，許彦先字。

34 又

深源久不聞音問，安否？此邦士大夫亦多善士，思欲得如公高才廓落者一晤語，不可得也。思古人看羊海上十九年，可謂弘度君子矣。令弟得近書否？小子相過蒙齒録〔一〕，甚不忘往日周旋教裁之惠也。

〔一〕相：原無，據《山谷簡尺》卷上補。

35 與子正使君書

某再拜。奉别再見秋暑，懷仰何日不勤？夏中兩上狀，不審皆得徹几下否？不雨四十餘日，歲事或失望，時雨三日，甚慰人意。想貴部亦霑足，秋成有望，憂民者可以加餐矣。蕭彦和解官去，新通判爲誰？相歡否？某寓居蒙免，未緣瞻望，臨書馳情，伏祈爲國自重。七月十一日，庭堅再拜上子正使君大夫閣下〔一〕。

〔一〕「七月」以下原無，據《寶真齋法書贊》卷一四補。

36 與元仲使君書

某頓首再拜，元仲使君大夫閣下：間者往來，道出治部，過蒙地主之禮，勤重千萬，别來懷想，何日不勤？頃至武昌，即留居，完葺民屋，久之乃小完，以是欲修記亦不暇〔一〕。即日春寒，不審尊候何如？伏惟宴息暇豫，千里安堵，寢食之味，神所相勞。某以避范德孺，法當遷居，輒欲就貴部自謀一舍，不敢煩公家，但不知有責降宫觀人在貴州否？某已具人船，聽誨諭乃發耳。此行似有親依之便，望路欣欣，謹勒手狀承動静。二月初七日，庭堅再拜上元仲使君大夫閣下〔二〕。

〔二〕亦：原無，據《寶真齋法書贊》卷一四補。
〔三〕「二月」句原無，據《寶真齋法書贊》補。

37 與宋仙民書

某辱教，審侍奉萬福爲慰。竹萌佳惠，謹以奉旨甘，以成公之德施。缺然不得面，懷想良勤。真老萬福。庭堅頓首上仙民通直仁親〔一〕。

〔一〕「庭堅」句原無，據《寶真齋法書贊》卷一四補。

38 與六祖範老書

某頓首。以衰朽怯人事，不能一到成都，甚負佳處登覽。然亦是老年，漸不喜此曹狡獪耳。乃煩輟爲人天談道之光陰，翻然一來，掃地焚香，奉侍數日，不知不爲世緣所奪否？元監院相隨許時，《經藏記》亦未就，但亂寫得十數軸字歸耳。其人曉事幹辦，他日若得渠相輔佐，甚善。廣之、景年及房君所須字，各寫得一兩軸，并書囊在戎州，不及攜來，須到家乃可遣。餘事元能道之，又相見有期，不復覼縷。八月二十六日，庭堅頓首六祖禪師大知識方丈〔一〕。

〔二〕「八月」以下原無，據《寶真齋法書贊》卷一四補。

39 又

某啓：前因三學山化主迴，奉手狀，并漫寄一扇〔一〕，不審得徹禪几否？頃人自富義來，再奉手誨，喜承宴居多福。比密師自富義來，報成都虛六祖奉待；又壽寧僧宗喬自成都來云，公已受六祖疏。計不虛傳，輒作短疏助佛事，然老懶不成言語也。某寓居處漸完葺，内外終不會省費，然厚薄亦隨緣。知命欲到成都看藥市，此行一費亦不小，亦無處減省耳。前所寄諸書，甚助荒廢，欲隨事末記數句，尚未暇。惟悦老語録常在几案間，一日緣會，便下筆矣。别作一篇《竹軒頌》，似可觀，已付密師去。可種竹於六祖，即用之。或須别寫，即寄本來可也。所要文字多寫在密師處，不知化緣道路悉存得否？秋熱懶倦，奉狀不如禮。八月十六日，庭堅頓首範公禪師方丈〔二〕。

〔一〕寄：原作「記」，據《寶真齋法書贊》卷一四改。

〔二〕「八月」以下原無，據《寶真齋法書贊》補。又文末原注：「右皆家傳。」

40 與王立之承奉帖

某頓首。辱教，惠蠟梅，并得佳句，甚慰懷仰。數日天氣驟暖，固疑木根有春意動者，遂爲詩人所覺，極歎足下韻勝也。比來自覺才盡，吟詩亦不成句，無以報佳貺，但覺後生可畏耳。

41 又

某缺然不得面，甚瞻遲。春暄，喜承侍奉萬福。送花，荷勤懇。然今年來，意緒凋落，懷此泉下兩玉人不再作，無復斯賞矣。數日來，幸老兒所苦減七八，差有生意耳。

42 又

昨日聞立之輒有雍丘之行，以奉甘旨。又以暇日篤學問，竊以爲甚慶。然以親老至今未下榻，自局中還，則問膳飲湯藥，未嘗得分寸餘陰，以故不能奉記。辱手教，審侍奉萬福爲慰。詩賦論題似不須從人求之，但取慶曆萬題，檢取似某題而體制宏大者，即可以試筆，每舉場所試，未有不出於此也。

43 又

昨日到家，即問老親藥餌，初不知車馬見辱也。繼得手誨，審侍奉萬福爲慰。書稿筆意駸駸，頗驚老眼，更以書史實之，古人豈難到邪？菊苗得奉甘旨，拜賜良厚。對客奉答，草草。

44 又

比以親老時時小不快，又身亦多病，故百事廢弛，思欲胥疏江湖之上耳。如所諭云云，皆非鄙人所任責者，但審侍奉萬福爲慰。所問應舉事，恐不必爾。士大夫平居事父兄之餘力，固以讀書學文，不免爲親應舉，得失便有數科，寧有利不利邪？思義理則欲精，知古今則欲博，學文則觀古人之規摹。孔子曰：「觚不觚，觚哉！觚哉！」盛暑，懶出入，不欲公冒熱往來，但懷思爾。

45 與逢興文判官帖

某放逐棄捐，人不備數。頃聞君子來佐幕中之畫，欲寓一書承動靜，亦以所處蓬蒿岑蔚，不能自致。忽奉牋教之辱，非所敢當。竊審舟御在邇，遂有參承之幸，何慰如之！方聽挐音，伏謁水次，謹奉狀起居。

46 又

某隱約林泉之下，人事幾絶，每作踐啓，輒當煩公家借書吏。比來更欲省煩，遂不能作牋報人。竊惟公狀之禮，文貌盛而忠信薄，故輒闕之。謹以手狀承問，伏惟痛察。

47 又

某廢棄明時，乃蒙加以牋教，見待以故時士大夫之意。已成田舍老翁，豈敢當此禮數？過當過當！即日溽暑，不審尊候何如？伏惟起居萬福。軒蓋何時入城，想瞻馬首。謹勒手狀。

48 又

某閑居，無佐書吏，不能作牋，亦欲縮手省事，不復借之公家。又惟公銜之禮，文貌盛而忠實闕焉，輒廢此禮。惟君子能盡人之情，當不復以小謹見望。

49 又

黔江密邇施州，聞其民稍喜爲田訟。然牛刀之餘刃投之鷄肋，何足治哉！顧閑居少得遊從耳。南老不臧否人物，吉德之君子也。時相與談民間稼穡事，亦足樂也。比江南寄新茶來，味殊佳，恨未得同一烹。欲寄牙子去，恐邑中無善磑，不久磑成來，便寄上矣。

50 與宋子茂書

某頓首。鄭殿直頗能道在官曲折，知官況亦不惡也。事業宜深自修藴，而處同僚中須親睦，勿露圭角也。仕路風波，三折肱乃知爲良醫耳。或因公家幹委能至此相見否？有一事奉煩爲審問。聞前權江安尉屈伸有女弟，欲擇一士人歸之。此有一來從學舉子，玉山劉瑜，字倩玉，年二十，頗卓立。以鄉里難得婚對，初道屈氏婚，乃以爲恐爲門下之羞。老夫勸之曰：「士大夫立身非一軌，婚屈氏何害？」渠家尊長乃來見懇。若屈家猶在瀘南，試與子細問，當示一報，便可致禮幣往矣。劉君決可依者也。

51 又

頃辱惠書〔一〕，審在公夙夜、體力輕安爲慰。虞候周章及峨眉僧曉賢去，繼奉書，皆徹几案否？某寓舍已漸完，使令者但擇三四人差謹廉者耳。既不出謁，所與游者亦不多。山花野草，微風動揺，以此終日。衣食所資，隨緣厚薄，更不勞治也。此方米麪既勝黔中，飽飯摩腹，婆娑以卒歲耳。閒居亦絶不作文字，有樂府長短句數篇，後信寫寄。未緣會集，千萬勤官自壽，偷餘日近詩書。

〔一〕惠：原無，據嘉靖本補。

52　又

戎州通判戴景憲奉議，其人清慎和粹，年雖尚少，有老成之氣，久與之游，可愛也。聞安撫司勾當成急闕，亦聞王帥存心之美，待官屬禮意周旋，甚欲佐其下風。計主人聞此君之義亦樂之，但恐先有求囑者已諾之耳。不欲數作王帥書，請因事爲達此意。

53　又

比承小疾，遂久之不除，雖調護之不至，亦是奇耦氣數中小小鬱滯耳。秋氣在中旬，計得此即安快。主人驟去職，出於意表，想不能不耿耿。公之在幕府，所以爲知己者異於凡流，想胸中亦未易平。然可置是事，爲善謀行李，令得理所。度不必倉皇去瀘州，略令舟楫整備，乃下江津，治荆南之行爲佳耳。渠諸郎多賢，必能從容治行李，不令老人動念也。自此，時當奉書。密上座本到瀘，止爲範公營齋糧，度今亦難。然業已成行，亦不久留耳。脾無令病，慎養氣，慎作病之食，少飲酒，以身爲本，勿以小事汨其中，安樂法也。餘復何道？

54 又

兩辱手誨，承病起，及今乃安和矣。能以覆轍兢慎如此，即是萬全安樂人矣。人生以身爲本，其餘於我何有？自今可研物理，求道術否？王帥之去，民有甘棠之思，而門下士失嘉木之蔭，想亦耿耿，不易平也。或聞有理之者，冀或便得一闕耳。未緣會集，千萬珍重。

55 與知郡朝散書

前日遣急足等還，上狀當已通徹。冰霜冱寒，萬物凋瘁，惟君子坐進此道，因時制宜，和氣如春，鰥寡蒙福。伏惟起居甚休，氣力安樂，縣君勝健，諸少皆佳。某與典司管鑰，不敢怠遑。提舉司復來問差遣，今有一皮角并衛都曹别紙呈上，告指揮丁寧遣遞，幸甚。俸錢、歷及申狀，亦煩左右。復欲割俸二千往鄧州，已託二推作保狀，但得早批鑿，續作一家書，附鄧州公文入遞也。瑣碎事事溷瀆高明，愧恐不可言，特恃親親眷憐，遂不敢自疏耳。

官守簡書是承，無緣參候，不勝馳情，謹狀通起居禮。

56 與趙伯充帖

某再拜。累日有少文字，事極冗，欲通記，輒復不能辦。前攜八篇到館中，夙夜諷玩，頗見才思，有婆娑水邊林下之氣，欽歎不已。欲裁定其中三兩處用字小弱處，尚未能下筆。更少寬三二日，同《長史帖》遣上。此帖珍絶，殆不能去手也。今日偶在家，治堂西作一小書閣，筆研方塵坌，上啓極草草。

57 又

某雖官局閑冷，亦匆匆度日，不獲時通問。昨日到寺齋，見留墨，想見風度高爽也。風霾殊不佳，伏惟道齋清虚，圖史左右，不以聲妓參濁其間，致有樂處。《解嘲》詩遣上，不足觀也。所評山水，大似壓良爲賤，嘗愛其木枝老硬，皴石尤能作他人所難，恐翟院深不能也。且爲標出，當使飽觀俗筆者少改觀耳，呵呵。前篇已示晁无咎、陳無己，皆欽愛之，無可措筆矣。

58 又

天氣尚小寒，不審奉承几筵尚能支持否？和公行狀，勉强就此，不知可用否？日月川流，奄將祥練。伏惟觀此論次，痛割何可勝言！謹奉疏。

59 又

伏蒙手疏勤懇，相與可洞照表裏，不必爲爾。先公言行冠映宗室，僅能撰次，無以發揮潛德，推與之意，多道其實，愧悚愧悚！兩日集英祗候，退食疲乏，上啓草草。〔一〕

〔一〕原注：「和國公行狀見第九卷。」